JN207352

集英社

目　次

Prologue
7

Introduction-1
堀田秋実
10

Introduction-2
堀田藍子
14

第一章
The Little Prince
19

第二章
Little House in the Big Woods
89

第三章
The Neverending Story
191

Epilogue
263

登場人物

堀田勘一　古本屋〈東京バンドワゴン〉店主

堀田サチ　勘一の妻

堀田我南人　勘一とサチの一人息子。ロックバンド〈LOVE TIMER〉のボーカル&ギター担当

堀田秋実　我南人の妻

堀田藍子　我南人と秋実の娘

堀田紺　我南人と秋実の息子

堀田青　我南人の次男。母親は不明

田中拓郎　〈東京バンドワゴン〉に住み込みで働く従業員

田中セリ　拓郎の妻。拓郎と同じく住み込み従業員

祐円　近所の神社の神主。勘一の幼馴染み

池沢百合枝　日本を代表する大女優

月島　警察官

若木ひとえ　〈つつじの丘ハウス〉の園長

篠原新一郎　我南人の幼馴染み。〈篠原建設〉の一人息子

渡邉森夫　総合商社〈丸五〉に勤める秋実の幼馴染み

楢崎俊憲　総合商社〈丸五〉の社長

野又美佐子　秋実の幼馴染み。森夫の元恋人

保田敏郎　アンティーク輸入販売〈サルーザ〉の社長

川島智美　看護師

イラストレーション　アンドーヒロミ
ブックデザイン　鈴木成一デザイン室

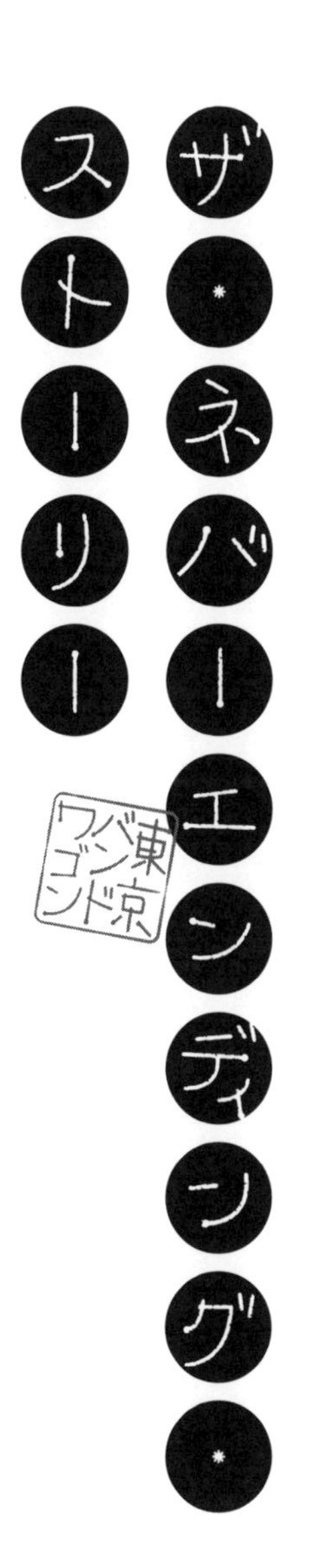
ザ・ネバーエンディング・
ストーリー
東京バンドワゴン

Prologue

よくお聞き。これから起こることは、何もかもぜーんぶお前の物語だからね。

『ぼくの　ものがたり？』

そうだよ。

『ぼくに　ものがたりがあるの？』

あるとも。もう既にお前はここでたくさんの日々を過ごしたじゃないか。

それこそがお前の物語で、そしてお前は向こうの世界で生きている。つまりこれから続く日々もお前の物語なんだよ。

『でもここはフィッツのいえで、このせかいはたくさんのまほうつかいがくらすせかいだよ。ぼくのせかいじゃない』

もうすぐにお前は、元のお前の世界に戻るよ。ここでのお前の物語は終わった。

ここでアルフォンティスたちと戦いお前は勝った。

見事にあのお方の笑顔を守ってくれた。しかし、それによってお前は世界のいろんな秘密を知ってしまった。従って、元の世界に戻ってもいろんな災難に見舞われることになる。

『そうなの?』

それを知ったからね。

今までわからなかったことがぜーんぶわかってくる。

世界には、悲しいこと、辛(つら)いこと、とんでもないことなんていうのが、たくさんたくさんあるんだってことを、お前はこの世界を歩き、走り、泣き、笑い、戦って知ってしまった。

だから、向こうの世界でもお前はそれを、その全てを理解できることになる。わかることになる。

『たいへんだ』

でも、大丈夫だ。

『どうして。ほんとうにたいへんだったよ。アルフォンティスもニーイライゴーンもジュッテも、それにネーリンにはこれからもいろんなものが』

大丈夫だ。

お前は、物語を知ったんだ。たくさんの悲しいことや辛いことや困難や戦いをここで知った。それを全部乗り越えてきた。

みんなみんな、お前のことを知っている。

お前も、みんなのことを知った。このフィッツの世界を知った。だから、向こうでも大丈夫だ。

さぁ、もうお行き。

誰かが、お前を呼んでいる。

お前を大切に思っている、お前の大事な誰かが、たくさんいる世界で。

「青？　そこにいるの？」

Introduction-1 堀田秋実

「僕の家へ連れて行くよぉ。うちの息子として育てるからねぇえ」

☆

本当に可愛い赤ちゃん。

名前は、青。

サチさんが、藍子と紺の弟だったら、青でしょうって。

確かにもうそれしかないけれども、そもそも藍子の弟は紺、っていう発想が素敵。絶対に我南人さんをスーパースターにしたのは、サチさんのそういうセンスが受け継がれていったからよね。もちろん、勘一さんのもだろうけど。

青。

今日から私の子供。堀田我南人と秋実の次男坊。

赤ちゃんは皆可愛いものなんだけれども、青はまだ生まれて半月も経っていないっていうのに可愛いどころか、もう美しいの。いや、美しいを通り越して綺麗なの。上品さや綺麗さが滲み出ている。

こんな赤ちゃん、初めて見たかもしれない。

悪いけど我南人さんに似たところはどこにも、ない。我南人さんもそりゃあ渋い良い男だけど、小さい頃の写真も見たけどどっちかと言えばワイルドさに愛嬌が加わっている感じ。勘一さんの若い頃とサチさんを足して二で割ったような顔つき。

だから、青はきっと産んだお母さんの美しさの全てを受け継いでいるんだ。

こんなに綺麗な男の子のお母さんって、どんな女性なんだろう。

赤ちゃんを育てるためのものは、我南人さんが一人で青を抱えて持ってこられるものだけで、ほ乳瓶とおしめぐらいはあった。さすがに布団まで持ってくるのは無理だったみたいね。

お布団は、藍子と紺が赤ちゃんの頃に使っていたものを使いましょう。

青、しばらくはこのお布団でお父さんお母さんと一緒に寝るのよ。あなたのお父さん、我南人さんはロックミュージシャンでしょっちゅう家にいないけれども、お母さんはずっといるからね。

お部屋は本当は二階だけれども、夜泣きするかもしれないし、ミルクの準備もあるからもう少し大きくなるまでこの一階の仏間にいましょうね。

仏壇の写真。あれはあなたのひいお祖父ちゃんの草平さん、隣はひいお祖母ちゃんの美稲さん。あなたのお祖父ちゃんの名前は勘一さんで、お祖母ちゃんはサチさん。あなたのお姉ちゃんは藍子、お兄ちゃんは紺。住み込みでお店で働いているのは拓郎さんと、その奥さんのセリちゃん。

さっきまで皆で交代であなたを抱っこしていたでしょう。今日から皆があなたの家族。皆ずっとここにいるからね。

　私は、あなたの新しいお母さんの秋実。


　そっと襖が開いて、我南人さん。

「寝てるねぇ？」

「うん、ぐっすり」

　天使のような寝顔ってよく言われるけど、青の場合は正真正銘の天使のよぅ。それももぅ最上級のナンバーワンみたいな天使。

「我南人さん。名前は青でいいのね？　うちの子供にしちゃって大丈夫なの？」

「大丈夫だよぉ。養子とかじゃなく、この子は堀田家の子供。僕の子。堀田青」

「それは、この子を今日まで見てくれた誰かさんが保証してくれてるのね？」

　我南人さんが、躊躇いもなく大きく頷いた。

「間違いないよぉ、心配ない」

　いきなり愛人が産んだ赤ちゃんを僕の子供なんだぁ、って連れてきて、悪びれる様子も謝ることもしない。

　ただ、よろしく頼むって。

　普通なら、大騒ぎになるわよ。妻である私は怒髪天を衝くぐらいに怒って、それから泣き叫んで家を出ていくかもしれないわよ。それぐらいしたって、きっと誰も私を責めない。

　でも、そんなことしない。

こんな可愛い綺麗な赤ちゃんを産んだ、我南人さんに愛されて愛した人。きっとものすごく素敵な人に違いない。

どんな理由で、どんな気持ちで、この子を育てることはできないと決めたのかは全然わからないし、訊く必要もないって思う。

正直、聞きたくない。

我南人さんが、そう決めたんだ。

私が、母親だって。

私が、この子の母親で、父親は我南人さん。

我南人さんは、そう私に頼んだんだ。

私は、そのものすごく素敵な人よりも、青の母親として我南人さんの妻としてここにいるんだ。

大丈夫よ。

私が、皆が、あなたを愛するから。

Introduction-2 堀田藍子

わたしが中学生になったら、紺ちゃんと青ちゃんとは別々の部屋にしようかってお母さんたちが話していたんだ。

うちの二階には部屋が四つあるから。

ひとつは子供部屋、ひとつはお父さんとお母さんの部屋で、ひとつは拓郎さんとセリちゃんの部屋。その部屋の隣は納戸代わりになっているから、そこをきちんとしたらわたしの部屋にできるって。

でも、そうしたらきっと青ちゃんが淋しがる。

紺ちゃんが一緒だしすぐ隣にわたしもいることになるんだけど、三人で一緒に寝られなくなったら、また夜中に泣き出すようになるかもしれない。

本当に、青ちゃんは甘えん坊なんだ。甘えん坊で淋しがり屋で泣き虫。幼稚園に入るからってお父さんとお母さんの部屋から、わたしと紺ちゃんと同じ部屋にしてそこで一緒に寝るって自分で言い出したのに、それなのにしばらくはお父さんお母さんがそばにいないって淋しがって泣いていた。

ようやく三人で一緒に寝ることに慣れたのに、楽しくなったのに、ここでわたしと部屋が分かれたら、きっとまた泣き虫に戻っちゃうかもしれない。

三つ敷かれた布団の真ん中で、すやすやと眠っている青ちゃん。わたしと紺ちゃんはまだもうちょっと起きてる。寝るのはいつも十時ぐらい。

きっと中学生になったら勉強もあるから寝るのはもっと遅くなると思う。スタンドの明かりとかが眩しくならないように工夫しなきゃならないだろうな。

「ね、紺ちゃん」

「うん」

「いいよね？　まだ三人一緒で」

「いいんじゃないの？　来年には僕も中学なんだから藍ちゃんと一緒の部屋で勉強できるし、僕が卒業する頃には青ちゃんも小学生だよ」

「だよね」

わたしが高校生になるその頃には、甘えん坊も淋しがり屋も泣き虫も直っていないと困るんだから。

「わたしが中学校を卒業するまでは、姉弟で一緒の部屋にしておこう」

「そうしよう」

三人姉弟。

でも、ひとりだけ、お母さんが違う青ちゃん。

まだそれを本人だけが知らない。家族はもちろん、拓郎さんもセリちゃんも祐円さんだって知っているんだけど。

青ちゃんがうちにやってきた日のことを。

「いつ話すんだろうね」

「何を？」

「青ちゃんだけお母さんが違うんだって。しかも誰なのかはお父さんしか知らないって」

紺ちゃんは、静かに頷く。

「話さなくてもいいんじゃないの？　いつかわかっちゃうんだよ？」

「そんなわけにはいかないよ。いつかわかっちゃうんだよ？」

「どうやって？　誰も言わなきゃわからないよ。お父さんしか知らないってことは、他に青ちゃんのお母さんを知ってるのは、たぶん赤ちゃんを取り上げたお医者さんと助産婦さんとか看護婦さんくらいだよ」

それだけ？

「どうして。お母さんにだって家族ぐらいいるでしょう」

「お父さんが生まれたばかりの青ちゃんを一人で連れてきたってことは、直接お母さんから受け取ったってことだよ。もしくは、青ちゃんを数週間だけ面倒を見た人。ほ乳瓶とかあったんだからね。つまり」

「つまり？」

紺ちゃんが、ちらりと向こうを見た。お父さんとお母さんの部屋がある方向。

「お父さんは、ロックスターだよ。日本中たくさんの人が顔を知ってる。そんな人が一人で赤ちゃんをぽんって連れてこられるはずがない。騒がれないはずがない。つまりお母さんの家族だってお母さんが赤ん坊を産んだことを知らない可能性の方が高い」

　びっくりしちゃった。

　そんなふうに考えたことなんかなかった。

「本当に？　そう？」

「そうだよ。だから、青ちゃんのことはその限られた人数しか知らないし、箝口令を敷いてるよ」

「かんこうれい」

「口止めしてるってこと。ひょっとしたらお母さんも有名な歌手とかミュージシャンなんじゃないかな」

　有名な歌手かミュージシャン。

「そうなの？　お父さんは愛人の子供って」

「お父さんは、お母さん大好きな人だよ。そのお父さんが子供を作ったってことは、本当に特別な人だったんだよ。普通の人のはずがない」

　そっか。そうだね。普通の人のはずがないね。

「だから、僕は青ちゃんにわざわざ言うんじゃなくて、そのときが来るのを待てばいいと思うな」

「そのとき？」

「わかってしまう、そのとき」

　きっと来るんじゃないかなって、紺ちゃんが言った。

第Ⅰ章 The Little Prince

昭和六十年 春 古書店〈東京バンドワゴン〉

一

薄明るさに、眼(め)が覚める。

朝。

布団の中で、うーんっ！ て静かに伸びをする。隣で眠る我南人さんをまだ起こさないように。

我南人さん、ロックンローラーにはおよそ似つかわしくないのかもしれないけれど、寝相がすごく良いの。布団が乱れていることがほとんどない。今もしっかり仰向けにまっすぐ寝ていて、布団の宣伝写真でしょうか、ってぐらいにきれいに寝ている。

ゆっくりと身体(からだ)を起こす。

子供の頃は、施設で暮らしていた頃には目覚まし時計が思いっきり鳴っても、二つ並べて鳴っても起きられなかったぐらいなのに、堀田家に来てからは何故(なぜ)か目覚ましがなくても起きられるようになってしまって。

不思議だった。

初めてここに泊まったのはまだ結婚前で高校三年生のときだったんだけど、そのときから何故か朝になるとパチッ！　って眼が覚めちゃって。

あれは本当に不思議だったなぁ。

え、どうして私は起きたんだろう誰かに起こされたのかな、って部屋の中をきょろきょろしちゃったぐらい。

そのときに訊いたら、堀田家の家訓のひとつ**〈食事は家族揃って賑やかに行うべし〉**。それを守るために堀田家ではどんなに夜更かししようとも、なんだったら徹夜して寝た瞬間だったとしても皆ぞろぞろと起きてきて、朝ご飯を一緒に食べるんだって。家族全員が揃うご飯っていうのは、大体は朝ぐらいしかないから。

若き頃の我南人さんなんか、夜なんていろいろいろいろ不規則で二日酔いどころかまだ完全に酔っぱらっている最中でも、朝になると起きてきて朝ご飯を一緒に食べていたんだって。

もちろん、今でも。

きっと堀田家には〈朝の妖精〉みたいなものが住み着いていて、朝になると皆の間を飛び回って起こしているんじゃないのかしらって思って、そう決めてしまったぐらい。

ほら、古い古い本とかにはいろんなものが憑くって言うし。

これだけ古書だけじゃなくて古いものがたくさんあるんだから、妖精だろうが妖怪だろうが蟲だろうが幽霊だろうが、いろんな不思議なものが一緒に堀田家に住んでいても不思議じゃないって思うのよね。

本当に。

「よし」

起きて、着替えて、洗濯物を手に持ったまま階段を下りて洗面所で洗濯カゴに入れて。もう雨戸が開けられている縁側の陽射しが差し込んでいるところに、玉三郎とノラが揃って座って庭を見ている。何を見ているの？　雀さんでもたくさん来てる？

「おはよう玉、ノラ」

うにゃお、って返事してくれるのは玉三郎。

玉三郎はとってもお喋りで、ご飯を食べているときでも〈ウマいウマい〉って本当にそう聞こえる声で喋りながら食べるぐらいなんだけど、ノラは滅多に鳴かないのよね。だからたまにノラの声が聞こえると皆がびっくりして、どうしたどうしたって飛んできたりする。

私が堀田家に来てからでも、もう二代目のハチワレの玉三郎と黒猫のノラ。それ以前から堀田家の猫には必ず玉三郎とノラっていう名前が付けられるらしいけど、数えるともう何代目なんだかって勘一さんが言っていた。

「ご飯もうすぐだからねー」

そして台所へ。

「おはようございます」

「秋実ちゃん、おはよう」

私がどんなにパッチリ眼が覚めても、毎日毎日タッチの差で先に台所にいるお義母さんのサチさん。

結婚してこの家に住んでもう十七年目になるけれど、サチさんより先に台所に立てたのはたぶんほんの数回しかない、はず。それも、サチさんが風邪を引いて具合悪いときだけだったりして。ちょっと悔しかったり。

「今日暖かいわねー」

「暑くなるかもしれませんよ。後で縁側開けましょうか」

「そうね」

もう五月。陽射しもどんどん強くなってくる。

「おはようございますー、秋実ちゃん、サチさん」

「おはよう、セリちゃん」

ふたつ隣の〈曙荘（あけぼのそう）〉に下宿していた大学生の頃から拓郎さんと一緒に堀田家に来ていて、そのまま結婚して一時期東京を離れたけど、今は二人して〈東京バンドワゴン〉の住み込み従業員になっているセリちゃん。

セリちゃんのエプロンは今朝もものすごいカラフル。世の中の全ての色のペンキをぶちまけたみたいになってるけど、どこでそんな布を売ってるのかしらって。

エプロンだけじゃなく、セリちゃんの持っている服は本当に見事にカラフルなものばかりで、よくそんな色同士を組み合わせて格好良く似合うふうにできるなっていつも感心する。

ちょうど私が初めてここに来たときに、極彩色の毛糸をたくさん使った手編みのセーターを勘一さんに編んでいて、それがまぁ見事に似合っていて気に入って、勘一さんはいまだに冬になるとそれを引っ張り出して着てるの。

色彩のセンスって本当に生まれ持ったものなんだろうなー、って。私にはそんなのまったくないので、いつもセリちゃんに服を見立ててもらったりしてるんだ。

「今日は目玉焼きでいいですね」

「いいわね。昨日はスクランブルだったから」

うちは目玉焼きは固いのがいいとか半熟がいいとか煩いことを言う人がいなくていい。唯一、勘一さんはがっちり黄身が固まったものがいいって言うけど、それはしっかり焼けばいいだけだからものすごく簡単。

基本、朝から和食の堀田家だけど、一週間に一、二回は気分でパンにする。昨日食パンを買っておいたので、今日はパンの日。

トーストと、目玉焼きはハムを付けてハムエッグに。美味しそうなアスパラガスが出てきていたので、それをベーコンとバターと一緒に炒めちゃう。サラダは昨日の夜のおかずにポテトサラダを余分に作っておいたので、それにトマトとレタスも添えて。牛乳は子供たちにだけど大人も飲みたい人が飲んで、スープはキャベツが残っていたのでそれと余っている人参や玉葱を入れたなんちゃってコンソメスープ。パンにつけるジャムは、手作りのリンゴジャム、もうひとつは市販のイチゴジャム。

全員で九人分。青はちっちゃいから八人と半人分かな。サチさんとセリちゃんと手分けして、さくさく作っていく。

台所がすごく広いから本当に料理がしやすくて、そして楽しい。こんなに広いんだから、ちょっとした喫茶店とか小さなレストランなんかも開けるんじゃないかって最初は思ったもの。

「おはようございまーす」

「おはよう藍子。二人とも起こしてきた？」

「起こしたよ」

中学生になったら、必ず制服のセーラー服姿になって下りてくるようになった藍子。ご飯こぼしたら汚れちゃうよって言っても、その上にサチさんの割烹着を着るんだよね。これで大丈夫って。まぁ好き好きだからいいんだけど。

何も言わなくても、そのまま座卓にご飯の準備をしてくれる藍子。

居間にどっかと鎮座する欅の一枚板の座卓は、大正時代に作ってもらったものだって言うから、本当にクラシックなアンティーク。骨董品って言った方が雰囲気あるかな。表面に何にも塗ったりしていないのに本当にきれいな飴色になっていて、藍子が台拭きを持ってちゃんとしっかり拭いていく。

まだガスコンロなんかなかった時代のものだから、大勢で鍋を囲めるように七輪を組み込むための天板付きの穴が開けられているんだ。実際にそこに七輪をはめ込んで鍋でも焼肉でもやってみたい！　って思ったんだけど、一度も実現できてない。七輪を探し出さなきゃならないし、実際面倒くさいだろうしね。

「お母さん今日パンだよね？」

「そうよー」

「トースター出すね」

「ありがと」

たくさん人がいるけど、トースターは二台しかない。つまりいっぺんにパンを焼けるのは四枚。かといって人数分いっぺんに焼くために、もう一台二台買うっていうのもねーっていつもそういう話になる。さすがに一家に四台のトースターは変よね。大学の寮とか合宿所じゃあるまいし。

電気は、我南人さんがアンプとかそういうのをたくさん使うから容量アップしていて、どれだけ電化製品を繋ごうが平気らしいんだけど。

「おう、おはよう」

「おはようございますー」

お義父さん、勘一さんが離れからやってきて、その後ろに二階から下りてきた我南人さんに拓郎さん。

「おはよう」

「おはようー」

紺と一緒に入ってきて、その声も小さくてかぼそい青。ふにゃふにゃして紺に抱きつきそうになりながらも、歩いてくる。

「おはよう、青」

「おかさん、おはよう」

天使のような、でもまだ眠いからふにゃふにゃしてる笑顔で近づいてきて足に抱きついてくるの。毎日毎朝。

幼稚園に入るからあいちゃんとこんちゃんと一緒の部屋で寝るって自分から言い出したのに、朝起きるとやっぱり淋しかったって思うみたい。

藍子と紺はこんなに甘えん坊さんじゃなくて、むしろ二人とも親離れみたいなものがすっごく早くて、これは淋しい！　とか思ったんだけど。やっぱり年子でいつも二人で遊んだり勉強したり常に一緒にいられたせいなのかな。青は一人だけ年が離れちゃっているから。

勘一さんが自分で新聞を取ってきてから上座に座って、我南人さんがあくびをしながら下座に座る。

ときどき場所が入れ替わることもあるけれど、大体は私とサチさんと藍子、そしてセリちゃんと拓郎さんと紺が並んで座る。青は、私と我南人さんに挟まれて。たまに勘一さんやサチさんの隣に座ることもあるけどね。青はお祖父ちゃんお祖母ちゃんも大好きだから。

「持っていきますねー」

拓郎さんは藍子と紺と一緒にご飯を座卓に運ぶ手伝いをしてくれて、青は我南人さんに甘えに行く。我南人さんが家にいるときにはいつもそう。ずっと青の相手をしてくれる。藍子や紺はもうお父さんに甘えるような年じゃなくなっちゃったから、我南人さんも嬉しいみたい。

「はーい、最初のパン焼けましたー」

藍子が先に自分たち、子供たちから配る。それはいつものこと。もう一枚は勘一さんへ。もちろんすぐさま四枚のパンをトースターへ。

皆がちゃんと座ったところで、手を合わせて「いただきます」。

「おとさんひげのびてるよ」

「そうだねぇえ、しばらく剃ってないからねぇ」

「我南人さん伸ばすんですか髭」

「今まで伸ばしたことないからさぁ。ちょっとやってみようかなぁって」

「似合いますよきっと」

「あなたも一時期髭ぼうぼうでしたよね。我南人が小学生ぐらいの頃だったかしら」

「あー、親父そうだったねぇえ。黒々してたよねぇ顔が」

「パン焼けましたー。まだの人取ってください」

「あったな。あれよ、男はな、人生の中で一度ぐらいは髭を伸ばしたいって思うときがあるもんなんだよ」

「えーそうなの？　紺ちゃんとか青ちゃんもそのうちに伸ばしちゃう？」

「わかんないよそんなの」

「ぼくもひげ？」

「紺ちゃんはなかなか渋い顔つきしてるから似合いそうだけど、青ちゃんはどうかなぁ。その美しい顔に髭はなぁ」

「パンまだ食べる人はー」

「そもそも生えるかどうかもわからないしね。拓郎みたいに熊みたいになるのもどうかと思うし」

「確かに熊だよな髭の拓郎は」

「熊さんね」

「くまー」

太ってはいないけれど、まるでラガーマンみたいにがっしりしっかりとした体格の拓郎さん。

今はすっきり剃っているけれど、ものすごく髭が濃くてびっしりで、伸ばすと本当に熊さんみたいになっちゃう。

「髭って、キスするとき痛くないの？」

藍子が言って、勘一さんが飲みかけた牛乳を噴き出しそうになって。

「藍子、お前女の子が朝っぱらから」

「え？　だって今疑問に思ったから」

全然そんな深い意図も意味もないのよね。ただ単純に疑問に思ったことを素直に口にしただけ。

藍子って本当にそういうところがある子。

「確かに、拓郎さんの髭なんか手で触っても痛かったよね」

「お、まぁ確かにな。痛い、かな？」

紺に答えて拓郎さんがセリちゃんを見て。

それに答えなきゃならないのはどうやっても私たち女性陣。サチさんを見てセリちゃんを見て、大人の女三人して唇をもごもご動かしちゃった。

「まぁ、痛いわよね確かに」

サチさんがちょっと苦笑いしながら言ってくれたので、セリちゃんが大きくうんうん頷いて。

「痛いのよ藍子ちゃん。もちろん人にも拠るとは思うんだけど」

「髭はその人に拠って硬さが違ったりするからなんだね？」

紺が言ってくれた。

「そういうことよ」

実は私はそういうキスは我南人さんとしか経験がないし、我南人さんが髭を伸ばしたことは今までなかったし、たまに少し伸びてることがあっても、今見てもわかるけど柔らかいのよね髭が。

「髭の場合も髪質っていうのかな」

紺は本当にそういうふうに言葉に関しては突っ込んでくるわよね。さすが古本屋の息子って思えばいいのか、作詞もするミュージシャンの息子って思えばいいのかちょっとわからないけど。

「髭質たぁ聞かねぇからな。髭も髪の毛も要は同じもんだろ？」

「成分は同じですね。前に床屋に訊いたことありますよ。もみあげは髭になるのか髪の毛になるのかって」

「え、どっちなの？」

「業界では髪の毛だけど。どっちも毛。髪の毛も髭も同じもの。単に生えてる場所によって名称が違うだけ」

そうなのね。はっきりとはわかってなかったけれど。

「まぁそういうこった。人間の身体の毛はどこもかしこも同じもんだ」

勘一さん、きっと初孫である藍子にキスとかそんなこと考えるのは早いぞ！　とか言いたいんだろうけど、大丈夫です。あの子は全然そんなことは考えてませんから。たぶん。

「そういや、青ちゃんは最近毎日蔵で本を読んでますよね」

拓郎さん、話題を変えたわ。

「お？　そうなのか青」

勘一さんが笑顔で訊くと、青がにっこり笑って。

「よんでる」

「蔵に青が読めるような本、そんなにあったかしらね？」

サチさんが首を傾げる。確かに、童話とか子供向けの本は、ほとんどは店の棚か奥の本棚に置いてあって、いつでも店頭に出せるようにしてありますよね。

「俺が蔵にいると、幼稚園から帰ってきたらすぐに入ってきますよ」

「青ちゃん、本当に凄いよね。もう小学校高学年並みの本の字も読めるんだもんね」

セリちゃんに言われて青はちょっと嬉しそうに笑って。

そうなのよね。青は、まだ一歳にもならない頃からうちにある古本に興味を持ち出して、絶対に読めないだろうっていう難しいものを選んで持ってきて、読んで読んでって皆にせがんで、そして自分で読めないわからない字や言葉を教えて教えてってまたせがんで。

藍子や紺がもうほとんど付きっきりで字を教えてくれたりしていたのよね。そのお蔭でまだ幼稚園に入ったばかりなのに、紺たち六年生が読むような本まで読めるようになっちゃって。

天才か！　って勘一さんが大喜びしていたけど、単純にそういう環境に育ったからってだけです。

藍子と紺もさすが古本屋の子なので、随分早いうちから本を自分だけで読むようになっていたけど、青がとびきり早いのは確かかね。もちろん、ひらがなはともかく漢字はまだちゃんとは書けないんだけど。

「えー、でも青、蔵には触っちゃいけないような本がたくさんあるのよ」

「大丈夫だよお母さん。青ちゃんはちゃんとわかってる。教えてあるから」

紺が言って藍子も頷いた。

「さわったらダメなほんのところのはしってるよ！　あと、くらのなか、のみものやたべものもダメ。おおきなこえでさわぐのもダメ。つばがとぶからってじーちゃんがいってた」

「そうだな」

勘一さんが本当に嬉しそうな笑顔を向けます。

「その通りだ。よく覚えてたな。いい子だな。で、今は何の本を読んでんだ青は？」

「もってくる！」

ものすごい素早い動きで立ち上がったと思ったら、飛ぶようにして縁側から出ようとするから、慌てて止めて。

「青まだご飯！　それにすぐ幼稚園！」

後にしましょう。帰ってきてからに。

それに、蔵にある本は、普通の古本ももちろんたくさん在庫としてあるんだけど、基本的にはお高く売れるものや、日本、いや世界的にもものすごく貴重なものがずらり、って聞いている。

簡単に外に持ち出しちゃいけません。


朝ご飯が終わると、すぐに子供たちは学校と幼稚園。

中学生になった藍子は一人で中学校へ。中学校は家から左方向へ。まだ六年生の紺は小学校へ。

家から右方向。藍子も紺も通った青の幼稚園があるのは、小学校へ行く途中。中学校とは反対側なんだよね。

お迎えの園バスもあるんだけど、うちのお店の前の道路は狭くて頑張って軽自動車が通るのがギリギリやっとっていう道だから入ってこられないし、実は家からは園児の足で歩いてもせいぜい五分のところにある幼稚園。迎えに来てもらった方が逆に遅くなってしまうの。藍子も紺も、私と一緒に歩いて通ったもの。

青は、紺がいつも手を繋いで送ってくれるんだよね。帰りのお迎えは、そのときに行ける私かサチさんか、勘一さん。ときには拓郎さんも行ってくれる。

セリちゃんはうちの従業員でもあるけれど、区立図書館で司書さんのアルバイトもしているので、平日はほぼ毎日出勤。帰ってくるのは早番と遅番があるけれど、大体は夕方過ぎ。

最初にセリちゃんと藍子が連れ立って出ていって、次は紺と青。

「行ってきます」

「いってきまーす」

優しいお兄ちゃんと、甘えん坊の弟。

「よろしくね紺」

「うん、今日の帰りは？」

「大丈夫。私か、サチさんが行くから」

紺が、くいっと顔を動かして私を見る。

「何？」

「この間疑問に思ったの訊くの忘れてた。どうしてお母さんは、お祖父ちゃんお祖母ちゃんを名前で呼ぶの？　普通はお義父さんお義母さんって呼ばない？」

「え、何いまさらそんなのを疑問に？」

「や、友達の家とか行くとそうだからさ」

そうね。確かに。

どこに行っても二世帯同居のご家庭では大抵はお義父さんお義母さんって、あるいはお孫さんがいたらお祖父ちゃんお祖母ちゃん、とか呼ぶわよね。

「別に深い意味はないのよ」

でも、そうね。

そう呼ぶようになったのは高三のときにこの家に来たとき、つまり我南人さんとのなれ初めの話になっちゃうのよね。

「最初にそう呼んじゃったからそのままになっちゃったの、詳しく知りたかったら帰ってきたときに話すわ」

ふーん、って納得したんだかしないんだかの顔をして。

「行ってきます」

「いってきまーす」

行ってらっしゃい。気をつけてね。


朝食の後片づけの洗い物は、サチさん。お任せしちゃって、その間私は干してあった洗濯物の片づけや、お部屋の掃除。それぞれの部屋の掃除はそれぞれでする、というのが堀田家の掟（おきて）なのでそれ以外のところを。

いちばん大変なのは、大人二、三人も一緒に入れるっていう広いお風呂場の掃除なんだけど、それは体力自慢の拓郎さんが一手に引き受けてくれて、お湯を入れる前に全部やってくれるの。もしも拓郎さんが将来独立とかしちゃったらどうしようって思うんだけど、きっとその前に藍子や紺が、ひょっとしたら青も大きくなるから任せちゃおうかなって。さすがに毎日はやらないので、一日置きなんだけど。

でも掃除を始めるその前に、古本屋〈東京バンドワゴン〉を開ける勘一さんに、熱い熱いお茶を。

本当に、熱いの。何せ一度ヤカンでお湯をぐらぐらぐらぐら、そのままぶっかけて害虫でも殺すのかしらってぐらいに煮立たせるんだから。

「はい、勘一さんお茶です」

「お、ありがとな」

どっかと帳場に腰を据えて、まずは熱いお茶を一服。どうしてあの熱いお茶を飲んで平気でいられるのか本当に不思議。

朝ご飯の後にお茶を、というのは全然普通のことで不思議でも何でもないんだけど、それがどうしてこんなにも、湯呑(ゆの)みを鍋摑(なべつか)みで持って運ばなきゃならないぐらいに熱いお茶を飲まなきゃならないのか。

それは、サチさんに訊いたら、何でもまだ我南人さんが小学生ぐらいのときに、一度勘一さんは身体の調子を崩したとか。

*

「お医者さんに診てもらっても、特にどこかが悪いわけでもなんでもなかったのよ。でも、帳場に座っていると身体がどんどん冷えてきて動かなくなって。まるで〈雪女〉にでも取り憑かれたみたいだって」

「〈雪女〉ですか」

「ちょうどその頃にね、その辺の類いの、そうね、幽霊画とか怪談とかの類いのものをたくさん手に入れていたのね。その中にあったのよ。ひょっとしたら伊藤若冲(いとうじゃくちゅう)と円山応挙(まるやまおうきょ)の合作じゃないかっていう雪女とか美しい妖しいものがいろいろ出てくる絵草紙が」

「え、凄いじゃないですかそれ！」

古書にも絵画にもまったく素人の私でも知ってる超有名な人。

「そんなの、ものすごい価値があるんじゃないですか。今もあるんですか蔵に？」

あるわよ、ってサチさん。

「たぶん、売りに出したらとんでもない金額になるわね。でも、本物かどうかはいまだにわからないから」

「そうなんですか」

「そう、それでね、夢を見たんですって。どっかのお坊さんが現れて、熱い茶を飲めって。さすれば病は融(と)けるって」

何ですかその話。

「それで、熱いお茶を飲み始めたら、今のように？」

「そう。必要以上に元気なおじさんになっちゃったのよ」

＊

必要以上って笑っちゃったけど、勘一さんはまだ還暦前。

老け込む年齢でもないし、それに柔道も確か四段で、世が世ならオリンピックで金メダルも取れたんじゃないかってぐらいに強かったらしい。若い頃には喧嘩（けんか）なんか日常茶飯事で、チンピラを十人相手にして全部とっちめたとか武勇伝は数知れず。

さすがにもう我南人さんと取っ組み合いするようなことはなくなったけど、本当に元気。健康診断も一年に一回は受けて全身くまなく調べているけれど、酒も煙草（たばこ）もやるのに何もかも正常。とことん身体が強い人みたい。

でも、基本ずっと帳場に座っているから、近頃は少し運動した方がいいってサチさんに言われて散歩もしている。

拓郎さんがお店の準備と掃除。毎日毎日モップで拭いているのに、埃（ほこり）って出るのよね。それをきれいにしてから、お店の前にもうとことん古くなってしまっている文庫本なんかを、安いものは十円から、高くても百円にしかできないものをワゴンに並べて入口の前へ。

意外とそういうものが売れるんだ。お店の前の通りは細い中通りだけれども、駅へ続く近道にもなっているから、学生さんや会社員の皆さんが登校や出勤前に通っていくの。人通りだけはけっこうある。

喫茶店とかやれば、もっと人が入るんじゃないかなって思ってるんだ。古本屋は、確かに高い古書を取り引きしたりして実入りが大きいときもあるけれども、基本あんまり人が入ってこない。日銭が稼げない。

玄関を挟んで古本屋の反対側は物置になっていて、そこには自転車とかいろんなものが詰まっている。その昔に勘一さんが自転車にリヤカーを付けて古本を受け取りに回ったとかで、昔懐かしいリヤカーなんかも置いてある。

正直、とっても無駄な使い方だなぁって思っているんだ。そこを古本を読める喫茶店とかにしたら、けっこう流行るんじゃないかなぁって。物置の裏側には台所があるから、上手く改装したら、そのまま兼用の厨房としても使えるなぁって。

もっとも、我南人さんたち〈LOVE TIMER〉は今や押しも押されもせぬスーパースター。日本のロックの神様とか呼ばれちゃって、ミリオンセラーにもなったアルバムも多数。最近でこそベテランって呼ばれる部類になっちゃって、いろんなものが落ちついちゃって我南人さんが家にいることも多いんだけど。

〈東京バンドワゴン〉が我南人さんの実家ということは知れ渡っていて、ファンの人がけっこうやってくる。そして来てみれば我南人さんお勧めの輸入盤とかの中古LPがたくさん売っていて、それを買っていく音楽好きのお客さんも多数。

日によっては、古本よりレコードの売り上げが多いぐらい。勘一さんはあんまりよろしく思ってないみたいだけどね。うちは中古レコード屋じゃねぇぞって。

だから、堀田家の暮らしが苦しいわけじゃないから、誰も古本屋以外の商売は考えてもいないんだろうけど。

でも、我南人さんの印税だけに頼っていたら困る日がいつかは来ると思うんだよね。そのときにやっぱり〈東京バンドワゴン〉だけで食べていけるような工夫は必要だと思うんだけど。


一通り、朝の家事が終わったら、居間でサチさんとお茶を飲みながら、一息。その後は、事務仕事。〈東京バンドワゴン〉の、堀田家のお財布を預かって帳簿と家計簿をつけるのは、サチさんと私のお仕事。

「秋実ちゃん、また入っていたわ」

「入っていた？」

サチさんが廊下から居間に入ってきて、よいしょって座りながら右手の平を開いて座卓に広げたのは、使用済みの切手が何枚か。

「あぁ、また青ですね」

「洗濯物のズボンのポケットにね」

この間はまったく気づかないで洗濯しちゃって、ポケットの中でぐちゃぐちゃになっていた。ティッシュみたいに紙くずになって洗濯機に広がっていかなかったぶんだけよかったけれど。

「チェックし忘れました。どうして切手をポケットに入れるんでしょうね？」

さてねぇ、ってサチさんも笑って。

紙という紙はその年代の貴重な資料ということで、我が家では新聞やら届いた葉書に手紙の封筒、包装紙に紙袋、ありとあらゆるものを一旦取っておく。時間を置いて後からそれらは資料として残すものと捨てるものに分けるんだけど、葉書や封筒に貼られている切手もそう。全部一旦押されている消印と一緒に切り取っておくの。

その切り取った切手、もちろん保管してあるのは蔵の中なんだけど、近頃青はその切手を何枚かポケットに入れているみたいで。

「いいんですけどね、どうせ捨てるものもあるので」

「ねぇ、何か興味が出ちゃったんでしょうね。ポケットに入れるのは、どこかでそんな話を読んだような気がするけど」

「お話ですか」

そういえば、切手、いえコイン？　なんだったかそういうものを常にポケットに入れておくような物語があったようななかったような。

「光る石をポケットに入れるお話、なかったですか？」

「それは、たぶん『ヘンゼルとグレーテル』じゃないかしら」

「あ、そうそう『ヘンゼルとグレーテル』。グリム童話ですよね。月の光を跳ね返すような白い石を集めてポケットに入れておいて、帰り道がわかるようにそれをひとつずつ落としていって」

ひどい話なんですよね、親が子供を捨てるなんて。

「そして最後はヘンゼルとグレーテルは自分たちを捨てた親を許しますよね？　あれもなんか子供心に納得いかなかったんですよねー」

自分の境遇を重ね合わせたわけじゃないんだけど。サチさんがちょっと微妙な笑顔になって。

「あ、私が言うと変な感じの話題になっちゃいましたね。そんなんじゃないですよ」

私は確かに親に捨てられて施設で育った子だけど、別に親を憎んでいるとかそういうのはもう全然ないので。三十五歳にもなって三人の子持ちで何言ってるんだって話になっちゃいます。

サチさんが、うん、って優しく微笑んでくれて。

「あれよね。お嫁さんに来たとき自分では古本屋の嫁なんて似つかわしくないとか言っていたけれど、子供たちが皆読書好きなのは、秋実ちゃん譲りでもあるわよね。ずっと物語が好きだったんだから」

もちろん結婚してからは古本のことをいろいろ勉強してきたけれど、確かに読書は好きだったから、童話や昔の物語とかも小さい頃からよく覚えていたかも。

「学校の図書室もそうですけど、〈つつじの丘ハウス〉にも本がたくさんあったからだと思いますね」

「あぁ、そうだったわね」

サチさんも何度か行きましたよね。私がここに来るようになってから、〈東京バンドワゴン〉が古書を寄贈してくれたり、定期的に入れ替えたりしてくれてたから。

「普通の部屋に本棚を並べただけの部屋だったけど、今思えばものすごい数の本が並んでいたんですよね。主に子供向けの本でしたけど、文庫本では普通の小説もたくさん並んでいて」

ここに来たらその数十倍数百倍の本があって目が回りましたけど。

「ママ先生、若木さんはお元気かしらね」

「いつでも元気ですよ。もう私がいた頃に一緒に住んでいた子たちも全員いなくなっちゃったけど、まだたくさんの子供たちがいるから」

本当は、施設に入るような子たちがいない方が、いない社会の方がいいんだけど。

「言ってたわね若木さん。私たちが用無しになってくれることを望みながら、毎日子供たちと暮らしているんだって」

ですね。本当にそう。

「今日は、青のお迎えは秋実ちゃんで大丈夫ね」

「大丈夫ですね。お買い物も今日はないし、拓郎さんもいるし今日はセリちゃん早上がりで三時には帰ってくるし」

「我南人は？」

「部屋にいると思います。あ、たまには我南人さんに行ってもらいましょうか。青も喜ぶかも」

「ここしばらくは忙しくないのよね？」

「そうですね。今年のツアーは八月からだし、アルバムのレコーディングはまだ正式には決まっていないので、しばらくは家で曲作りとか、のんびりしてるんじゃないですかね」

以前のように半年以上も全国を回るようなツアーもここのところはないし、家にいることが多くなってるので子供たちもきっと喜んでいる。

学校から帰ってきたらいつも父親がいるんだから。

「そういえばさっき、紺が変なことを訊いてきたんですよ」

「変なこと？」

「どうして私は、お祖父ちゃんお祖母ちゃんのことを、勘一さんにサチさんって名前で呼ぶんだって。お義父さんお義母さんじゃないのかって」

あら、って可笑しそうにサチさんが笑って。

「話したの？　結婚する前の高校生の頃からここにいて、そう呼んでいたからそのままだって」

「帰ってきてから話します。藍子はもちろんだけど、紺ももう理解できますよね、あのときのことは」

「そうね」

あまりというか、ほとんどの人は経験しないようなとんでもない出来事で出会った堀田家の皆さんと私。もし我南人さんがミュージシャンじゃなくて小説家だったらあのときのことを書くだけで一冊の本にできたかも。

「紺は誰に似たのか、ひいお祖父ちゃんの草平さんなのかなぁ。やたらと勘の良い子だし、目端が利くというか」

「あの子、テレビとか観てても端っこに眼が行くんですよね。ドラマでも単なる通行人の服の着方がおかしかったとかそういうのを覚えてるんですよね」

運動の方は、まぁ普通みたいだけど、学校の勉強は一通りはできるみたいだし。

「将来は、勉学か研究とか、そういう方面に進むかもしれないわね」

「そうですね。やたらと細かいし。でも女の子にはモテそうにないですね」

「いやぁそれはわからないわよ？　あの我南人の子なんだし」

笑っちゃった。それはもう、確かに。

「それこそ芸術の方は、藍子が絵が上手いからそっちの方面かもね。中学生になったら美術部に入れるって本当に楽しみにしてたものね」

「さっそく絵ばっかり描いてるみたいですしね」

我南人さんのアーティストとしての才は、藍子が絵の方で受け継いだのかも。

申し訳ないのは、私のこの破滅的な音程のせいで、せっかくの我南人さんの音楽の才能が藍子にも紺にも受け継がれることがなかったかも、の件。

それは本当に申し訳なかったと思うわ。藍子もけっこうな音痴みたいだし、紺はまぁ普通みたいだけど、音楽にはこれっぽっちも興味がないみたいだし。

「青は、どうかしらね。読み書きをあんなに早く覚えたのには驚いたけど」

「びっくりですよね。そして男の子にしてあの美貌ですからね」

誰も言わないようにしているけれど、我南人さんや勘一さんにサチさん、もちろん私にも誰にも似ていない青。

「我南人さんは一応芸能人だから、その息子ってことで俳優とかそれこそアイドルとかにスカウトされてもおかしくはないですよね」

「そうよね」

もちろん、演技力とか歌が上手いとかそういうのが必要だけど。私の破滅的な音程は間違いなく受け継いでいないから大丈夫かも。

りん、と、鈴の音がして古本屋のガラス戸が開いたよう。あの鈴の音は本当に素朴な温かみのある音で好き。聞く度に嬉しくなってくる。

朝一番のお客様かな。

いらっしゃい、って勘一さんと拓郎さんの声が響いて。

サチさんや、私も時には帳場に座って店番をすることもあるんだけど、やっぱり古本屋には男性の声が響いた方が似合うわよね。

古本屋と居間の間にはもちろん戸があるけど、普段はいつも開けっ放し。お客様から居間が全部見えてしまう位置ではないし、トイレとかでちょっと帳場を外したときにも居間にいる誰かがすぐに行けるから。

声が聞こえてきて、お客さんと話をしているような。

「ちょいと、中で話しますかい」

勘一さんが居間に入ってきて、お客さんも後ろに続いていて。

背広姿の、細身の中年の男性。背も高く、軽く整髪料でなで付けた髪形がなかなか渋い方。

でも、ちょっと雰囲気は怖そう。

「物騒な話になりそうだし、皆も聞いておいた方がいいと思ってよ。店先じゃあなんだからな」

物騒なんですか。

「あ、お茶淹れますね」

「いえいえ、どうぞお構いなく。開店早々に押しかけてきて申し訳ないのに」

そうは言いましても。

サチさんがさっと台所に立っていってくれて、私は座卓の上に広がっていた帳簿や色んなものをささっと片づけて。

「拓郎はそこで聞いといてくれよ」

「オッケーです」

拓郎さんは店と居間の間の廊下に腰を据えました。そこなら店も見えるし、居間の話も聞けるから。

お茶をお出ししたけど、この男性、きちんと正座する姿が美しいのはきっと武道をやっていたんじゃないかなって思う。柔道とか剣道とか。あ、でも耳の形はとてもきれいだから、剣道の方かも。

手を腿(もも)に添えてすっと背筋を伸ばす姿勢は、きちんとそういうことをやっていないとできないんじゃないかな。

「改めて月島(つきしま)と申します。警察官です」

持っていた黒い手帳は、警察手帳でしたか。きちんと広げて私たちにも見せてくれる。私服ってことは。

「刑事さんなんですか？」

そうです、って頷きます。そうか、警察官、お巡りさんで刑事さん。それで何か武道とかをやっているんだ。

「主に、窃盗とか詐欺とか、その辺を担当しています」

「うちの家内と、息子の嫁さん。それにそこの従業員の拓郎で、まぁ店に出るのは大体はこの四人なんでね」

「そうでしたか。息子さんのお嫁さんということは、〈LOVE TIMER〉の我南人さんの奥様」

あら、ご存知でしたか。

「そうです。秋実と申します」

「もちろん、伺ったのはそれが目的ではないですけれど、若い頃から〈LOVE TIMER〉はずっと聴いていました。アルバムも全部持っています」

ありがとうございます。これからもよろしくお願いします、と頭を下げます。ファンの方ならここが我南人さんの実家というのは知っていて当然かな。

「それで、今日お伺いしたのはこちらの〈東京バンドワゴン〉さんは、有名な老舗で都内随一の古書店であり、貴重な資料や古典籍を数多く収蔵していらっしゃるはずだと聞きまして。いや、部下に一人、相当な古本好きがいまして」

「ほう、刑事さんで古本好きとはあまり聞きませんな」

ちょっと嬉しそうに勘一さんが笑みを見せて。

「そうなんですよね。私も長く刑事をやってますが、古本屋巡りが趣味だなんていう部下は初めてでして」

うん、それはかなり珍しいかも。

「実は今、古美術窃盗団というのが存在して動いているのではないかと思われる事件が頻発していまして」

「窃盗団ですかい」

泥棒の集団で、しかも古美術。

「普通は一般の方にこういう話はしないものですが、もう記事になっている事件もいくつかありまして我々の間では〈窃盗団五号〉と呼んでいます。集団での古美術専門の窃盗団、しかもこいつらはどうも古書を中心に狙っているようでして」

「古書泥棒ですかい」

　イヤな連中ですね。いえ、泥棒さんそのものが全部イヤなんですけど。

「本ですから運びやすい隠しやすい。カモフラージュするのも簡単ということなんでしょうかね。私も担当ですから多少は知識がありますが、古典籍と呼ばれる相当古いものは、何千万の値が付くものも存在するでしょう」

「しますな」

　勘一さん、腕を組んで頷きます。

「国内、日本のものじゃあそれほどの値をつけられる大物はそうはねぇですがね。イギリスやらヨーロッパ辺りの古い本なら、オークションで一千万まで行くものがそう多くはないですが、珍しくはねぇですよ」

「その手のものは、国内で売りさばくとなるとやはり値は落ちますか」

　うぅん、と勘一さん顔を顰めます。

「どうやって売るか、ですな。もしも買い手が海外のその手の事情にも詳しければ、国内で一千万で買っても、海外に出しゃあ、その倍は行くだろうと算段が付けられますからな」

「そうですか」

「しかしまぁ、そんな値が付く本は業界じゃあおおよそ知られた本ばかりですぜ。国内で売ろうとするなら、どうやっても裏側で売るしかねぇですからね。値は落ちますぜ」

やはりそうでしょうね、って月島さん、頷きます。

「それでも、実際に事件は起きていまして。それで、こちらには相当値の張るものもおありでしょうから、まずは気をつけて頂きたいのと」

「店に来る客で、どうも怪しいって感じる連中を見かけたらすぐに連絡、ですな？」

「はい」

その通りです、って月島さんが頷きます。

「その古本好きの部下が、もしも実際に店舗、古書店が狙われるとしたら、真っ先にこちらだろうと確信を持って言うものですから」

なるほど、って勘一さん頷きます。

「しかし現に事件になってるって言いましたがね、どこかの古書店がそういう被害に遭ったとは聞かねぇんですがね」

「現時点でわかっている事件は、個人宅でした。つまり、古書などのコレクターということになりますか。東京だけで二件、後は、本当に関連があるかどうかはまだ不明ですが、関東近県で二件あります」

合計四件。それらが全部その〈窃盗団五号〉の同一犯かどうかはまだわかってはいないけど、可能性はあるってことですね。

「コレクター、収集家までは警察でもそう簡単には把握できません。しかし、そういう貴重なものがあるであろう店はこうして把握できます。何でもこちらには業界でも有名な宝の蔵があるとかで」

月島さんが、外に眼をやりました。ここから庭の端にある蔵が見えます。

「あれですね」

勘一さんも振り返って見てから、頷きます。

「確かにね。古いもんばかり集まってるんで、古本屋仲間からは〈宝蔵〉とか呼ばれてね。まぁ泥棒とかに狙われたのも、開業以来何度あったもんだか。私の代になってからだけでも、まぁ三回ぐらいはありましたかね」

そんなに、って月島さん、眼を丸くしました。

「ご無事だったんですか？」

「そりゃあ、まぁ」

そう言って、立ち上がります。

「せっかく来てくださったんだ。ちょいと見ていきますかい？」

「あ、それはもう、ぜひ」

靴を持ってきてもらって、縁側から庭へ。ぞろぞろ皆で行くのも何なので、サチさんと目配せして私が一緒に庭へ。

「まぁ俺も先代から聞いた話なんで、本当にそうなのかは確かめようもないんですがね。ここを造った先々代、この蔵は普通の深さの三倍ぐらいに掘って、そこから壁を立ち上げて造っているそうで」

「三倍ですか」

「なんで、外から穴ぁ掘って忍び込むのは無理。窓なんざあの通り、単なる明かり取りでしかなくて、小さな子供しか潜り込めないし頑丈な鉄格子と金網付き。屋根はもちろん瓦ですが、普通の瓦の倍以上の重さがあって、そいつを外しても厚さ一メートル以上の漆喰の壁」

「壁ですか？」

「つまりこの蔵に入るには、この正面の扉からしかないってこって」

月島さん、蔵の扉に触ってみました。

「重いですよねきっと」

「大人の男が力入れてようやく開く扉ですよ。もちろん用がなきゃあ閉まっています。開いているときには必ず中に、まぁ大体はさっきの拓郎が古書の補修とかで籠っているって寸法で、泥棒が入り込む隙間も暇もねぇってもんですよ」

本当に重いの、あの扉。私も開けたことあるけれども、一生懸命頑張ってようやく開ける感じ。

月島さん、なるほど、って頷いています。

「確かにこれだけ堅牢なら、こっそり盗み出すのは至難の業でしょう。防犯装置などはあるのですか？」

「最近出てきた赤外線云々とか防犯カメラとかですな？　そんな大げさなのは、付けてないですな。まずは、そこは内緒にしておきますが、扉を開ける鍵がこの通り古い南京錠の大きなものが付いていますが、これは鍵を開ける仕掛けを知らないと絶対に開けられないんで」

「仕掛け、ですか」

「ま、そこに付いている棒を上に三回下に四回とか、要するに今のダイヤル錠とおんなじようなもんですな。しかも右と左もあるんでまぁ何億通りもの組み合わせができちまって、普通は開けるのは無理ですな」

本当に無理なんです。私も教えてもらっているけど、ときどき忘れてしまって勘一さんに訊いたりするぐらい複雑で、一応紙に書いてあるけれどその紙がしまってあるところも、勘一さんとサチさんしか知りません。

厳重なんですこの蔵。もしも勘一さんとサチさんがこの世を去るようなことになってしまうとしたら、その前にその紙のありかは我南人さんに伝えられて、その後は藍子と紺と青、っていうぐあいに、まさしく一子相伝。ちょっと違うけどそんな感じ。

「あとはほれ、そこの鳴子（なるこ）で」

「鳴子？」

勘一さんが扉の横に垂れ下がっている紐（ひも）を指差します。

「時代劇のあれですよ。昼間でもちょいと中を開けるときにはあの紐をここに渡しておく。知らずに通ると引っ掛かってカラカラ鳴るし、夜中なんざはここに、ほれこうして渡しておくんで」

「黒い紐なので、夜だと見えずに引っ掛かるんですね。それでカラカラ鳴る、と」

「部屋はほれ、この蔵の正面の離れが私の部屋なんでね。鳴ればすぐにわかるってことですよ」

充分ですよね。二階の部屋の窓からも蔵は見えるし、その音もすごく響く。残念なのはたまに夜中に野良猫とかネズミとかが引っ掛かっても、カラッて鳴っちゃってびっくりすること。

月島さん、感心していました。

そしてどうぞご用心ください、もしも何かありましたらどんな些細（ささい）なことでもいいですから直接連絡してくださいって名刺を渡してくれて、ではこのままこれで、って庭から直接帰っていきました。

「窃盗団だったんですね」

居間に戻ってきたら、拓郎さんが言います。

「拓郎、何か聞いていたか？　そういうの」

「たぶん、あれだと思うんですよね。もう何ヶ月も前だったけど、資産家の家に泥棒が入って骨董品とかそういうのが盗まれたってニュース。ほらピカソの絵が盗まれたって」

ありましたねそんなニュース。サチさんも頷きます。

「ピカソの絵なんか持ってる人ってやっぱりいるのね、って思ったわ」

「ですよね」

「たぶん、その中になんかの古書が混じっていたんじゃないですかね」

「考えられるな。で、刑事がこうして出張っているってのは、その古書だけが売りに出されていたかどうかしたんだろうよ」

そういう話になりますね。

「それと、親父さん、刑事さんがコレクターって言ってたので思い出したんですけどね。何ヶ月か前、去年の冬だったかな。イギリスのオークションで日本人がエドワード・キンクスの『フィッツ・ウイッチ・ストーリー』を落札したってニュースがあったじゃないですか」

「あったな！　向こうの業界紙でな」

業界紙って、骨董とかその辺のやつですよね。向こうからまとめて送ってもらっているもの。

私は英語はもう高校生程度のものしかわからないけど、勘一さんもサチさんも、拓郎さんもセリちゃんも英語はペラペラ。さすがに会話は普段しないので錆びついているって言うけど、英語の原書とかそんなのは本当に簡単に読んでるの。そうじゃないと、向こうの古書業界との取り引きもできないんだろうけど。

「その日本人ってのもきっとコレクターですよね。あんなとんでもないものを落札したんだから相当な金持ち。どこの誰かはさっぱりわかりませんが、警察はそんな情報持ってませんよね」

「まぁ、向こうのオークションなんか調べないだろうなぁ」

わからないけど、とんでもなく高い本だったんでしょうね。勘一さんが、名刺を見ます。

「拓郎よ、一応この警察署の電話番号、電話帳で調べて確認してから、月島って刑事が本当にいるかどうか確認してくれや」

「あ、そうですね。今してみます」

拓郎さんが店に戻って電話帳を開いて調べます。

「まさか、偽物とかですか?」

あんなに立派そうな刑事さんなのに。

「念のためよ。俺がもしも詐欺犯や窃盗団なら、まずは盗み出すところを下見するのが鉄則だろう?」

下見、ですね。

「あの月島刑事が偽物の刑事さんだったら、今日の下見は大成功ですね」

「まったくだ。まぁ偽物だったとしても、蔵にまともに忍び込むのは無理だなってのがわかっただろうけどよ」

拓郎さんが電話を切りました。

「間違いないですね。ちゃんとここには月島刑事がいます。捜査でこっち方面回っているので間違いありませんって答えてくれました」

うん、って勘一さんが頷きます。

「じゃあまぁあれだ、信頼できそうな刑事さんだったからな。電話してそのオークションで落札した日本人がいるってのは教えといてやれよ。こっちも、客のふりして下見とかに来る連中がいるかもしれないから、しばらくの間は頭に入れとこうぜ」

そうしましょう。

名刺も帳場の文机のところに貼っておきましょう。

＊

お昼ご飯は、うどん。後は常備菜になっているきんぴらとか、裏の豆腐屋の杉田さんからけっこうたくさん貰えるおから。

子供たちもいないので、大体いつもさっと食べられる簡単なものにしがち。店にお客さんが来ても、さささっと立って応対に行けるから。

勘一さんとサチさん、拓郎さんに我南人さんと私。拓郎さんは古書の買い付けとか出かけることもあるけど、今日はずっと家。

食べながら、さっき来た刑事さんの話を。滅多にないけれども、我南人さんも店番することはあるから。

「窃盗団ねぇ。やだねぇ物騒だぁ」

我南人さん、家にいるときにはほぼ傍にギターがあるの。本当に古ぼけたアコースティックギター。自分の部屋でも縁側に座っていても居間でこうやってご飯を食べたりお茶を飲んでいても、常に我南人さんの傍らにはギター。

ミュージシャンってのはそういうもんなんだろうって勘一さんが言っていた。俺ら古本屋がいつも古本が傍にあるようにって。

我南人さんのギターが上手なのかどうかは、私にはあんまりわからない。〈LOVE TIMER〉のギタリストのトリさんに言わせると『テクニックは俺より上手くはないけれど、泣かせるギターを弾かせれば俺より上手い』って。その泣かせるギターっていうのも私にはよくわからないんですけどね。

でも、感動するのは感動する。

なんか旦那様大好き妻みたいでちょっと恥ずかしいけれど、そこの縁側で我南人さんがギターをつま弾いて軽く歌っているだけで、その歌を聴くだけでなんか涙が出てきちゃうぐらいにグッと来るの。

その才能が、羨ましいっていつも思う。

「でも我南人さん、うちにある古書もそうですけど、我南人さんの部屋にあるギターとかも、けっこう値の張るものがあるんじゃないですか?」

拓郎さんが言うと、我南人さん頷きます。

「あるねぇえ。さすがに古典籍で、ん千万にはかなわないけどぉ、ヴィンテージのギターなら百万ぐらいに値の付くのはあるかなぁ」

「危ないですよね。むしろ窃盗団なんかにそっちを狙われたら」

「ヴィンテージギターの区別がつくのが窃盗団にいたならぁ、そいつはきっとものすごいギタリストかギター職人だねぇえ。むしろ話がしてみたいよぉ」

「何言ってんだよ」

「でもその古美術窃盗団とやらもぉ、きっと誰かがものすごい目利きなんだよねぇ。そうじゃなきゃ狙う獲物の価値とかもわからないでしょう？　古書にしたってぇ、業界通じゃなきゃわかんないよねぇ」

　確かにな、って勘一さんも頷いて。

「昔にな、うちの古書根こそぎ持っていった泥棒がいてよ。まぁ仲間みてぇな奴だったんだが、そいつも大した目利きだったよ。俺以上かもしれねぇぐらいにな」

「勘一さんより目利きなんて、そんな人がいるんですか」

「そりゃ山ほどいるよ秋実ちゃん。まぁそうだな」

　うん、って考えます。

「その窃盗団の中に大した目利きがいるんだろうな。特に海外の古書なんてぇのは相当詳しくなきゃわからねぇしな」

「案外ぃ、警察もそういうのを当たっているんじゃないのぉお？　古美術品に詳しくて怪しい奴とかぁ」

「かもしれねぇな。そいつもそんな目利きなら、その方向で真っ当な商売やって稼げばいいものをな」

本当にそうですよ。

二

買い物なんかの外出がないと、午後はほんとうにのんびりまったりと時間が過ぎていく。

拓郎さんは家にいるときには、ほとんど蔵の中で古書の補修や保管場所の掃除とか。古書はずっとそのまま置いておくと湿気ったりするので、常に風を通して、そして丁寧に何日かおきに開いたりしないと駄目になっちゃうこともあるので、日々の手入れが本当に大事。もちろん、私もお手伝いすることも。

今日は本当に暖かいので、窓を開けた二階の部屋から我南人さんの弾くギターの音が静かに響いて流れてきて、我南人のアコースティックライブみたい。

サチさんは、居間でいつも趣味でやっているレース刺繍を。本当にきれいで凄いの。座卓とか、あちこちに敷いてあるレース刺繍は全部サチさんが編んできたもの。

私は、勘一さんと交代で帳場に座ったりすることもある。

ほとんどは勘一さんが座っているので、私は蔵に入って拓郎さんからいろいろ教えてもらったりする毎日だけど、もう十何年ここの嫁をやっているのにいまだに全然知識が追いつかない。古本の勉強。本当に、奥深いから。

日本の本の歴史だけでも凄いのに、海外のはもっと凄いから。印刷技術が発達したのは海外の方がずっと早いのでそれだけ本の歴史も古い。

何か、サチさんみたいに趣味みたいなものを持ちたいなぁっていうのもずっと思っているんだけど、それはこの年になってもなかなか見つからない。

唯一人に誇れるのは身が軽いってことだけど、そんなの年とともに衰えてきたし、日常生活では屋根に上って雨樋の掃除をしたりすることぐらいにしか使えないし。

りん、と鈴の音がして、祐円さんの声が聞こえてきて。

今日も来たんですね祐円さん。

お店に行くと、いつもの白衣に白袴姿の祐円さんが、帳場の前の丸椅子に座っています。

「いらっしゃい祐円さん」

「おう、秋ちゃん。いつも可愛いね」

「可愛いんですよー」

毎日、本当に毎日同じ台詞を言ってくる祐円さん。

「お茶にします？　それとも、今紅茶を飲んでいたのでそれでも」

「あぁ、紅茶いいね」

サチさんが後ろではいはい、って頷いて台所へ。

「いいんだよ秋実ちゃんそんなこと訊かなくてもよ。いつもただここへ茶飲みに来てよおめぇはよ」

そうなんですよね。近くの〈谷日神社〉の神主の祐円さん。勘一さんとは同い年でずっと同じ学校に通ってずっと近所の幼馴染み。お互いにお互いの人生の全てを知ってるんだって言ってて。私が初めてこの家に来たときにもすぐにお会いしたので、本当に三日に上げずに顔を出していると思う。

「ただじゃあねぇよ。こうしてうちにあった古雑誌とか持ってきてやってるじゃないか。こんなんでも値段つけられるんだろ？　売れたら儲けだろう？」

あ、文机の上に週刊誌とか婦人雑誌みたいなものが何冊か。確かに値段は付きますけど、そう言っちゃなんですけど何の変哲もない雑誌なら十円とか二十円の世界。よっぽど重要なものが載っている号とかは別ですけど。

言いながら祐円さん、一冊手に取ってパラパラ捲ります。

「うお、あの池沢百合枝にヤクザな弟がいるってかい。そいつが金銭トラブルとかって大変だな大女優さんもこんなの記事にされてな」

「いつの記事だよもう随分前の古雑誌じゃねぇか」

「そうか？　いつもあるもの適当に持ってくるからさ」

「今日は神主の仕事はねぇのか」

「あるよ。でも康円がいるからさ。もう俺は引退しちゃってもいいんだよな」

引退するにはまだ年齢的にも早いと思うんですけど。

「神主さんには定年とかあるんですか？」

「ねぇんだよな？」

勘一さん。

「いや、あるっていえばあるかな。決まりがあるわけじゃないが、大きな神社なんかだと、いつまでも年寄りが頑張ってちゃ若い神主が育たないだろう」

「まぁそりゃそうよな」

「だからまぁ、その辺の会社とおんなじように六十過ぎたらそろそろのんびりするわって感じかな」

「小さなところは？」

「うちみたいなところは、ほら伝統工芸の職人さんと同じかな。身体が元気ならいつまでもやっててていいし、うちは康円がもういるからね。跡取りがいるならいつ引退してもいいって感じで」

そうなんですね。わりとその辺は緩やかなんだ。

「だからってその格好でうろうろして騒いでると、世間様の持つ神主の品格ってのがどんどん下がるんだぞお前」

「いつ俺が品格が下がるようなことしたよ」

「しょっちゅう神社に来る若い女の子に粉かけて、まぁゆっくりお茶でもどうぞとか鼻の下伸ばしてるだろ」

こんな感じに、毎日毎日。最初は二人で漫才やってるみたいでおかしくていつもずっと聞いていた。

「お、若い女で思い出した。勘さん、こないだ、いつだったかな十日ぐらい前だったかな。それこそ境内を掃除してたら若い女に声掛けられてよ」

「トイレ貸してくださいってか？」

「違うよ。この辺りに〈東京バンドワゴン〉っていう名前の古本屋はありませんかって訊かれたんだよ」

「ほう」

わかりにくいからこの辺は。道は狭いし曲がっているところもあるし路地はあるしで、住所だけ聞かされてもそれがどこなのかもよくわからなくて。

「懇切丁寧に教えてやったけどよ。来たかい？」

「わかんねぇよそんなの。少なくとも迷って神社に道聞きました、って言ってきたお客さんはいなかったな。秋実ちゃん聞いたかい？」

「聞いていませんね」

わたしも知りませんよー、ってサチさんの声。

「まぁそうだよな。わざわざそんなこと言う客もいないよね」

「幾つぐらいの女性だったよ」

んー、と祐円さん考えます。

「若いっても俺より若いってことで、まぁ二十代後半から三十半ばぐらいだったかなぁ。少なくとも四十五十には見えなかったな」

「そうかい、まぁ道案内ありがとさんよ」

古本屋、特にうちの客層は、駅への通り道というのもあって年齢層も幅広いですからね。お年寄りから若者までいろいろ。学校が近いから子供たちだってたくさん来る。もっとも子供たちはマンガがないってガッカリするけれど。子供向けのマンガはほとんどないのよね。大人向けのは多少はあるんだけど。

　その辺は、店のポリシー。マンガが駄目だっていうわけじゃなくて、それは違う古本屋で探してください、ってこと。

〈東京バンドワゴン〉が扱うのは、マンガ以外の古書及びレコード。骨董品屋じゃないので、レコードのSP盤は扱っていません。

「しかしあれだよ勘さんよ。レコードの売り上げばっかり良いってのは痛しかゆしだろうけどよ。この際だったらレンタルビデオならぬ中古ビデオ販売ってのもありじゃないのか。けっこう売れるんじゃないのか」

「中古ビデオね」

「レンタルレコード屋さんも、レンタルビデオ屋さんもたくさん出てきてますもんね」

　そんなふうに言ったら申し訳ないけど、雨後の筍みたいににょきにょきにょき。街のあちこちにレンタルレコードにレンタルビデオ。

「別に古本屋が中古ビデオ扱ってもいいんだろ？」

「古本屋って看板出しても、基本俺らは古物商だからな。その気になりゃ古い物なら何でも売れるさ。まぁ貴金属関係はちょいと面倒くさいから手を出さないが」

「だよな。じゃあ売れるもんは売れるうちに売っとけよ。いつまでも我南人の印税で喰うのは恥ずかしいぞ」

「馬鹿野郎、俺らが喰ってく分はしっかりこっちで稼いでるぜ」

　そうですよね。ちゃんと帳簿は付けているからわかります。赤字になるときもあるけど、その分は高額な古書の取り引きとかで稼いでいるから。

「とは言ってもな。時流ってのを見極めるのは大事よな」

「だぞ。神社と違って流行りもんを扱ってんだからな」

「まぁそのうちにな、ビデオってもんが古本並みの扱いになるときがいつか来るだろうさ。そんときに考えるさ」

ですよね。あくまでも〈東京バンドワゴン〉は古本屋ですから。

＊

「ただいまー」

「ただいまぁあ」

午後二時過ぎ。青が、我南人さんと一緒に幼稚園から帰ってきた。

「お帰りなさーい」

にこにこしている青。甘えん坊で淋しがり屋だけど、誰かと一緒にいる分には、いつもご機嫌。本当ににこにこしてるの。それがとんでもなく可愛いの。

「今日も楽しかった?」

「うん!」

良かったね。

「はい、お着替えして、手を洗って」

たたたーって走って二階へ上がっていく。今日も頑張ったね。

「ちょっと、このまま楽器屋行ってくるねぇえ」

「御茶ノ水ですか？」

「そう、晩ご飯までには帰ってくるよぉお。何もないよねぇ用事とか」

「ない、かな。大丈夫」

「行ってくるねぇえ」

わかりました。いってらっしゃい。

「おかさん、くらにいかなきゃ」

すぐに飛ぶように青が戻ってきて、手を引っ張る。

「蔵に行くの？　本を読むの？」

「じちゃんに、ほんもってきてみせなきゃ」

本を？

あぁ、朝に話していた、今ずっと読んでいる本を教えてあげるのね。

「すごい、カッコいい。ぼうけんのほんなんだよ」

「冒険の本なんだ。でも、お祖父ちゃんに訊かなきゃ。蔵から本を持ってきていいかどうか」

聞こえてますよね、勘一さん。

「いいぞ！　拓郎に確認してくれ」

「わかりましたー」

青と一緒に縁側から蔵へ。

「拓郎さん」

「うん、これね」

拓郎さんも聞こえていたので、もう手に持っていてくれた。青が手を出したけど。

「あー待って青ちゃん。これはね、とっても大事な本だから、持っていくのはお母さんに任せよう。持っていったら、静かに床に置いて、いつものようにゆっくり一枚ずつ開いていくんだよ」

「うん」

拓郎さんが私に本を差し出しながら、ちょっと真面目な顔をして小声で。

「お高いですよ」

「高いんですか」

「かなり。でもまぁ補修もしていないので、ごらんの通りかなり古びたままですが丁寧に扱えばそれでオッケーです」

確かに、あちこちやれている。

あれ、でもこの本。

「いくよおかさん」

はいはい。しっかりと抱えて、家に戻って帳場に座る勘一さんのところへ。

「じちゃん、これだよいまよんでるの。ずっとよんでる」

勘一さん、青の頭を撫でながらニコニコして。

「こいつか！　いやぁこれを選ぶとはお目が高いなぁ青は。さすが古本屋の息子だ」

タイトルは。

『不一魔女物語』

「勘一さん、これは、かなり有名な古書なんですか？」

「有名無名ってぇのはなぁ、古書に関しちゃあまったく的外れな言葉になっちまうけどな。一般的にはまったく無名な作家の本だな」

無名なんだ。

蔵をいったん閉めたようで、拓郎さんも店に戻ってきました。

「挿絵は〈美野島不一〉、そして翻訳は〈木蓮京子〉となっていますけど、外国の本を訳したものだったんですかね」

勘一さんも拓郎さんも同時に、うむ、って頷きます。なんだかものすごく嬉しそうに笑みを浮かべて。

「ほらこの通りよ、挿絵がたくさん入っているよな。全部木版画だ。こりゃあな、元々はな、一八七五年にイギリスで発行されたエドワード・キンクスの『フィッツ・ウイッチ・ストーリー』ってぇ本が元になっているのさ」

イギリス。勘一さんの好きなイギリスで出た本だったんですね。

あれ？　でもそのタイトルって。

「今朝、その本がオークションでどうこうって言ってましたよね」

「そうそう。日本人のたぶんコレクターが落札したってな。そりゃもう貴重な本でよ。金額までは記事に出てなかったんでわからねぇが、どうだ拓郎。いくらぐらいになったと思うよ」

拓郎さん、うーん、って唸って。

「まぁ日本円にすると、最近円高ですけどね。三千万以上はいってるんじゃないですかね」

さんぜんまん！

うちでどれだけ古本を売ったらそんな金額を達成できるのか考えるだけで眩暈がしそう。

かなりの貴重な本なんだ。

「一八七五年って、かなり昔ですよね。ウイッチってことは魔女かなんかが出てくるんですよね」

「エドワード・キンクスが編み出した、まぁ今でいう正調、王道のファンタジー小説だね。それにカーマイン・カーライルという版画家が、木口木版画で合計八十二枚の挿絵を付けた。凄いよねこの版画も。挿絵だけで一冊の素晴らしい画集ができあがるってぐらいの素晴らしい作品だと思わない？」

拓郎さんも大好きなんだ。

本当にそう思う。今見ても、すごくきれいで緻密な木版画のイラスト。私は版画のことなんか全然わからないけど、世界中の誰が見ても綺麗だなぁ、すごいなぁって感動すると思う。

「で、だ。その『フィッツ・ウイッチ・ストーリー』をだな、翻訳した小説家がこの木蓮京子さんなんだが、何せイギリスで書かれた小説だ。どうにもいくらファンタジーでも日本人の感覚じゃあ理解できねぇ部分とかがあったんで、そこの部分はオリジナルで日本の子供たちにもわかるように改変とか改稿した部分がたくさんあるんだなこれが。そうなると、本文と挿絵が合わないところが出てきちまった」

「あ、じゃあそこを、この版画家の美野島不一さんが」

そうよ、って勘一さん頷きます。

「しかもさ、こりゃあ偶然なんだが、名前が同じようなフィッツと〈ふいつ〉だからな。ノリにノって、カーマイン・カーライルの技法を上手いこと使って、オリジナルの挿絵を三十二枚作って足した。そうなると木蓮さんもノっちまって、原作ではどうにも消化不良と思えた、ま、それも当時の日本人の感覚としちゃあ、って話だが、ラストの章以降の言ってみりゃあ〈その後の物語〉ってのも書き加えてな。じゃあってんで更に二十枚の木版画も追加してよ」

そこまでやったんですか。

「それでできあがったのが、この『不一魔女物語』なんだよ。いや本当に、青ちゃんが読みたいと言ったので久しぶりに手に取ったけれど、凄い本だなぁと思うよ。でもね秋実ちゃん。美野島さんと木蓮さんが、ちゃんとその辺の、つまり翻訳してなおかつ改稿して出版する、っていう許可を取ってやったかどうかは、まったくわからないんだよね」

「そうなんですか？」

勘一さんが苦笑します。

「何せ、この本が作られたのは昭和の初めだ。ほら、奥付にも昭和二年ってなってるだろう」

「本当だ」

全然、気にしてなかった。

「そもそも本国でもかなり希少だった『フィッツ・ウイッチ・ストーリー』をどういう経緯で美野島不一と木蓮京子夫妻が手に入れて、自分たちでこの本を作ろうとしたのかなんてのもさっぱりわからねぇ。なんせ二人とも早死にしちまって、まったくの幻の作家になっちまった」

「あ、ご夫婦だったんですか」

「そうそう。夫婦。木蓮京子が残した小説は他に『地の満ち引き』と『浅き路』のみ。美野島不一の作品もこの『不一魔女物語』に使われた版画が数枚と、他に童話に描いた挿絵が少し残っているだけ。でも、どっちも素晴らしい作品だからさ。本当に幻の作家。この本だって、わかっているだけで現存しているのはたぶん三冊」

「三冊ですか!?」

そんなに少ないんだ。

「元々そんなに刷っていないって話だしね。確認取れないけどおそらく世に出したのは四十冊ぐらい。惜しいよねぇ、もっとたくさんこんな本を、特にオリジナルを残してくれていれば、確実に名を残す作家たちになったものを」

「まったくよな」

二人してうんうんと頷きます。

「そんなに凄い本を作った作家さんたちだったんですね。久しぶりに見ましたけど、全然知らなかった」

「うん。うん?」

「え?」

「え?」

勘一さんと拓郎さんが、驚いたように声を上げて私を見るので同じように言っちゃった。

「今、なんつった秋実ちゃん。久しぶりに見たって言ったか?」

「はい、本当に久しぶりです」

「え、それは以前にうちの蔵で見たって意味で？」

「いえ、蔵では見たことなかったです。今日が初めてで」

「じゃどこで見たの！　読んだの!?」

全部読みましたよ。

「私のいた施設にあったんです。この本、『不一魔女物語』。私が小さい頃にはもうかなりボロボロになっていたので、今でもあるかどうかはわからないですけど」

「〈つつじの丘ハウス〉にか！」

そう、私が暮らした養護施設、〈つつじの丘ハウス〉に。

「ちょ、ちょっと待ってくれ秋実ちゃん。本当にか!?」

「本当です」

こんなことで嘘（うそ）なんかつきません。


（はい、〈つつじの丘ハウス〉です）

久しぶりの、全然変わらないママ先生の声。

「ママ先生、秋実です」

（あらー！　秋実！）

ちょっと待ってくれ、っていつも何事にも簡単には動じない勘一さんと同じく山のごとしの拓郎さんが、二人してものすごい慌てちゃって。

〈つつじの丘ハウス〉の園長である若木さんに訊いてくれって。『不一魔女物語』が今でもあるのかどうかって。

(元気？　お子さんたちは？)

「全然元気ですよ。子供たちも、家族も皆元気です」

元気過ぎて困るぐらい。

「ママ先生も変わりありませんか」

(そうねー、日ごとに年取ったって感じるけど、元気よ。どうしたの？　何か用事でもできた？)

「あのね、私がそこにいた頃に、すごく大きくて絵がきれいで分厚い『不一魔女物語』って本がありましたよね。童話みたいな、ファンタジーみたいな本」

(ええ、あったわね)

「今でもハウスにあります？」

ママ先生がちょっと考えるように間が空いた。

(あるんじゃないかしらね。確かもうかなりボロボロになってきちゃったので、本自体がバラバラになったりしないように、どこかにしまっておいたはず。どこだったかしらね。たぶん私の部屋の押し入れだと思う)

「あるそうです」

受話器を手で覆いながら勘一さんに言うと、代わってくれって。

「もしもし、堀田勘一でございます。いやどうもご無沙汰しております。若木さんもお元気でいらっしゃいましたか。いやもう俺は殺されたって死なねぇってもんで。いえ、それでですね。そうです『不一魔女物語』がそちらにあるってぇのを、今日になって秋実ちゃんから聞きましてね。えぇ、えぇそりゃもう実は貴重な本なんですよそいつは。二冊!? 二冊もあるんですかい!?」

勘一さん、本気で驚いてますね。

そういえば、二冊あったかも。

「そりゃあどういうことなんでしょうね。いや、ちょいとそちらにお邪魔しても構いませんかね？ いいですか。いやそれでお話ししますが、できればその『不一魔女物語』をうちで買い取らせていただきたいって話も。いやもうそれは何でもねぇことで。いいですかね？ じゃあこれからってのはちょいともう遅くなるんで、明日の午前中にでもお伺いして。あぁそうですな。秋実ちゃんと一緒に伺いますよ」

そうですね。私も行きます。前にママ先生の顔を見に行ったのはもう三、四年も前なので。久しぶりに会いたいです。

勘一さんが丁寧に挨拶して受話器を置いて。

「いやびっくりだ！ 拓郎、二冊だぞ！ 二冊あったんだな？ 秋実ちゃん」

「たぶん、ありました」

「この本が二冊なんて、とんでもない話ですよ」

凄い本だっていうのは話を聞いてわかったんですけど、こんなに興奮している勘一さんと拓郎さんを見るのは初めて。

本当にとんでもない本がハウスに眠っていたんだ。

「あの、さっき拓郎さんがお高い、って言ってたけど、いかほど」

うむ、って勘一さんがちょっと考えました。

「うちにある程度のもんなら、そうさなぁ五、六百万はいくか？」

ろっぴゃくまん！

「そうですね。それでも、オークションに出せば一千万はいくんじゃないですかね」

いっせんまん！

「そんな本を、青が」

ひょっとしたらおやつを食べた後のべたべたの手で読んだり、いや青もちゃんとわかってるから大丈夫だったかな。

「〈つつじの丘ハウス〉にあるのが、もっと状態が良ければさらに、だね」

「いえ、全然ボロボロです。私の覚えてるだけでもこの本よりもかなり状態は悪いはずです。でも、何でそんな凄い古い本がうちに二冊もあったんでしょうね？」

取り立てて特徴もない、貧乏な養護施設だったのに。

「そりゃまぁ若木さんに訊かなきゃわからねぇけどな。美野島不一のアトリエが埼玉にあったってぇのは聞いた話で覚えてるぜ」

アトリエが。

「同じ埼玉だったんですか。住所は」

「そこまではわからねぇな。けど、〈つつじの丘ハウス〉の歴史は相当古いって言ってたよな？」

「古いです。今のハウスになったのは戦後ですけど、前身になったものは戦前からあったって聞いてます」

「ってことはよ、ひょっとしたらその〈つつじの丘ハウス〉の前身になったものと美野島不一のアトリエがご近所さんだったってことも考えられるんじゃねぇかな」

「それで、子供たちのために自分たちの本を寄贈したって考えると、素直に通じますよ。美野島不一は童話の挿絵も描いていたんですからね。きっと子供好きだったんじゃないかな」

それは、確かに考えられますね。

「養護施設になる前の前身、ってのは何だったのか聞いてるのかい？」

「詳しくは知りませんけど、元々は小さなお寺さんだったとか。そのお坊さんが、恵まれない子供たちを集めて寺に住まわせていたんだって」

「お寺さんか。美野島不一が近所で檀家さんだったとかってこともあるかもな。いずれにしろ明日だ」

こりゃあ楽しみだって、勘一さんがわくわくしてますね。

なんだか嬉しいかも。

＊

お店の営業は、午後七時まで。

我が家の前の通りは人通りは確かに多いけれども、それも帰宅のピークが過ぎるまで。もう少し遅くまで開けていた頃もあったけれども、はっきり言ってほとんどお客さんは来なかったの。

なので、私と我南人さんが結婚して子供が、藍子が生まれてからは、子供と一緒に皆で晩ご飯を食べられるようにって営業を七時までに。

セリちゃんが帰ってきて、それから夕方に紺も戻って、部活が終わった藍子も帰ってきて我南人さんも帰ってきて。

我南人さん新品のギターを抱えていたけど、そんなことでは驚かない。自分の稼ぎで何を買おうと我南人さんの勝手ですからね。それに、一応は必要経費になるんだろうから。固定資産かな？

拓郎さんがお風呂掃除するのをセリちゃんも手伝って、お風呂の準備。

広いせいもあるのか我が家の皆はお風呂好きよね。こんなに広いお風呂に大人数で毎日入っているから、水道代が本当に馬鹿にならないぐらい。

でも、ここに来た当時にそういえば施設でも水道代って凄い高かったんだろうなーって思って。そもそも私はずっと大人数で暮らしていたから、今子供たちが三人になってまた大人数で、それがとてもしっくり来てるんだなって思ってる。

施設で一緒に暮らしていた子たちは、もう皆がバラバラになっているけど、どうしているかなって。大人数で暮らしていたから一人暮らしとか夫婦だけとか、そういう暮らし方をしている子たちは、なんか淋しいって感じているんじゃないかって思う。

今日の晩ご飯は、バターライスのオムライスにデミグラスソースかけ。それに大根のサラダと野菜たっぷりのコンソメスープ。バターライスは炊飯器で炊いちゃえば簡単だからとても楽ちん。

これは、施設で暮らしていた頃の人気メニュー。

サチさんとセリちゃんと、藍子も手伝ってくれて、皆が揃って「いただきます」。

「えー、施設に行くんだ。私も行ってみたい」

勘一さんと一緒に明日〈つつじの丘ハウス〉に行くことを話したら、藍子。

「見たいの？　別にそんないいところでもないわよ？」

事情のある子供たちが暮らしているところだから、格段に楽しいものがあるわけじゃなし。

「興味、って言ったらなんか言葉は悪いかな。お母さんが結婚するまで暮らしたところでしょ」

私がどんなところで育ったかを知りたいってことかしら。あんまり知られたくないこともとてもたくさんあるんだけど。

「お母さんの打ち立てた数々の伝説を聞かせてもらえるかもしれないねぇえ。二枚刃のアキとかのぉ」

「やめて我南人さん」

本当にやめて。それはもう誤解なんだから。

確かにチンピラ相手に立ち回りとかしたことあるけれど、カミソリの刃とかを手にしても使ったわけじゃないしそれはもう本当に誤解だから。

「秋実ちゃんはまるで軽業師みてぇに凄かったよな。なんだっけよ、あのプロレスの跳んで蹴る技はよ」

「サマーソルトキックとかローリングソバットとかですよね」

どうしてそんな技名がすらすら出てくるの拓郎さん。

「おう、それそれ。見事だったよなぁ秋実ちゃんのはなぁ」

「勘一さんもやめてください」

昔のことです。できるって言ったら見せてって言うから柔道家の新さん相手にやってみただけじゃないですか。

「明日も学校でしょ。行けないわよ。どうしても見たいなら、お休みの日に皆で行ってみましょう」

「そうだねぇ、若木さんは秋実のママ先生なんだからぁ、藍子や紺や青にとってはおばあちゃんみたいなものだからねぇ」

それは、まぁ確かにそうかも。ママ先生は、親のいなかった私にとっては母親同然の人。

「会ったのは、まだ藍子と紺が小さい頃だけよね。一度行ってみるのもいいでしょうね。クリスマスとかどうかしら」

「クリスマスですか?」

「いつも我南人が施設の子供たちにプレゼント送ってるけれど、直接持っていってあげてもいいんじゃない?」

「あ、そうですね」

クリスマスにはいつも皆でケーキ作っていたりしたけれど。

「明日、ママ先生に訊いてみますね。それこそケーキ持っていって皆で食べるのもいいかもしれないし」

「歌うよぉ、僕。なんだったらサンタさんの格好をしてもいいよぉ」

似合うかも。我南人サンタ。

お風呂上がり。

我が家のお風呂は、大人三人が入れるぐらい広い。でもさすがに男三人で入るとちょっと狭くて身体も伸ばせないしお湯も溢れ過ぎて無駄になっちゃったりするので、基本大人の男は二人ずつ。

今夜もまずサチさんとセリちゃん、その後に私と藍子の女性陣が入っちゃってから、勘一さんと拓郎さん、その後に我南人さんと紺と青。

青は、お風呂から上がるともう寝る時間。髪の毛を乾かして、歯を磨いて、皆におやすみなさいを言って。

「今日は、お父さんと寝るかいぃ？」

「うん」

藍子と紺と一緒の部屋だけど、もう布団は敷いてあるし、寝るまで一緒にいてくれるのは基本誰でもいいのよね青は。たまにセリちゃんや拓郎さんとも寝るし。寝つきがいいのは本当に助かるの。藍子と紺は赤ちゃんの頃は寝つきが悪かったから。

「おやすみなさい」

「おやすみー」

「おやすみな」

我南人さんと青が二階へ上がっていって、ちょっと経ったら、紺が首を伸ばして二階を気にするようにしてから私に向かって。

「あのさ、お母さん」

「なに？」

「ちょっと気になることが、あるんだ」

気になること。

紺が、真面目な顔をしてる。いや元々が真面目そうな顔つきの男の子なんだけど。勘一さんもサチさんも、紺はひいお祖父さんの草平さんによく似ているって言っていた。残っている写真では、確かにそう。

我南人さんと青以外の皆は、まだ居間でお風呂上がりのジュースを飲んだり、テレビのクイズ番組を観ていたりしていたから、紺の言葉になんだどうしたって。

「なになに、学校で何かあった？」

「いや、学校じゃなくてさ。もう新学期始まって一ヶ月でしょう？　青ちゃんも幼稚園に通い出して」

「そうね」

もう五月。それぐらいになるわね。

「ほとんど僕が青ちゃんを幼稚園まで送っているよね」

「そうね」

同じ方向だからいつもお願いしているんだけど。

「あ、面倒くさくなっちゃった？　それとももっと早く登校したい？」

「いや、そうじゃなくてさ。そんなことじゃなくて、なんかここのところ見られているっていうか、見張られているっていうか」

見張られている？

何それ。

皆がそれぞれに座卓に寄ってきて。

「穏やかじゃねぇな。どういうこったよ紺」

「登校、あ、青ちゃんだから登園か。幼稚園に歩いて行く途中の道。わかるよね？　どの道を歩くか」

皆で、うん、って頷く。誰もが何十回も通っているルート。

「なんか、この頃視線を感じているんだよね。どこからかわからないんだけど、誰かに見られているような」

視線。

そうだった。

普通の人はそんなものを感じることなんかほとんどないだろうけど、紺は小っちゃいときから何かと勘の鋭い子。

いつだったか、お店で万引きをしようとしている人に気づいて未遂で終わらせたり、そう、電車の中でスリを見つけたこともあったわよね。私がついたちょっとした嘘なんかすぐにバレちゃうし。

「紺がそう感じるのなら、間違いなく誰かが見ているんじゃないかしら二人のことを」

「いや、お祖母ちゃん違うんだ。見られているのは青ちゃんだと思うんだよね」

「青ちゃんを？」

「それ、どうやって感じ分けてるの紺ちゃん？　自分じゃなくて青ちゃんを見てるのを感じるって」

藍子に訊かれて、うーん、って紺が首を捻って。

「表現しにくいけど、自分が見られているなら、なんか頭の後ろというか首筋に何かちりちりしたものを感じるんだよね」

ちりちり。首筋。

その感覚はまるでわからないけれど、紺はそう感じるのね。

「でも、一緒に歩いている青ちゃんに向けられている視線は、学校のトイレでひとつ置いた隣に誰かが立ってこっちを見た感じ」

「学校のトイレってぇことは、あの小便器がたくさん並んだところってことだな」

「それは何となくわかりますね。男なら」

勘一さんと拓郎さんが頷くけど、女の子はわからないわ。並んでトイレに立つことなんかないから。

「でも、もし誰かに見られているとしても、どうしてそんなことを？」

セリちゃん。そうよね、何の目的で。

「あ、いやまさか」

拓郎さん。

「何だよ」

「いや、今日の話で窃盗団がありましたけど、まさか下見とかで家族構成を調べてるとかじゃないですよね」

窃盗団が。

「いや、まさかだろう。それなら家を見張れば済むこった。登校中の紺や青を見張ってもしょうがねぇ」

「時間を確認しているってことも考えられますよ。それぞれが外出して、何時から何時までいないとかその時間は家に人がいるとか、何曜日は帰るまでどれぐらい時間掛かるとかを調べているとか」

セリちゃん。さすが知性派。セリちゃんと拓郎さんは同じ大学だったけど、セリちゃんは首席で卒業だものね。

「え、窃盗団って何?」

「私も知らない、聞いてない」

そうだった。藍子と紺にはまだ話していない。青が寝てから教えてあげようって話していたんだけど。

「そうよ、二人も店にいることがあるかもしんねぇからな」

勘一さんが、月島刑事さんが来たことを話します。窃盗団が古書を狙っているかもしれない。狙われるなら、〈東京バンドワゴン〉の可能性が高いから注意してくださいってわざわざ教えに来てくれたこと。

「それ、知ってるよ」

「知ってる？」

何で知ってるの紺。

「東京と千葉と神奈川で起きた泥棒の話でしょう？　新聞に載ってたよ」

「載ってたのか」

紺は勘一さん以上に新聞を全部読んでいるものね。学校の図書室に置いてあるそうなんだけど、各種の新聞もほとんど読んでるって。

「何で覚えていたの？」

「手口が同じだったから覚えていた。まったくどこも荒らさないで昼間にその品物だけを盗んでいくって。江戸時代の泥棒みたいに、まず引き込み役みたいな人をそこに配置して家主とかの行動を全部把握して、いない隙にそっと盗むんじゃないかっていう」

「そんなことまで記事に出てたのか」

「そういう泥棒だから、盗まれたことに気づいていない被害者もどこかにいるんじゃないかって」

「そんなに鮮やかに」

勘一さんもその記事には気づいていなかったんですね。紺は推理小説大好きだから。うちにあるその手の小説もほとんど読んでいるし。

「ってことは、うちを狙うとしたらそういう引き込み役が来るかも、なのかしら」

サチさん、ちょっと顔を顰めます。

「そりゃ無理だろうよ。従業員募集してるわけでもねぇし、お手伝いさんじゃねぇや、最近はあれだ」

「家政婦の派遣ですね」

「そう、それだ。そもそもそんなもの必要としねぇからな」

うちの人手は足りてますからね。

「いや、それでね？　窃盗団かどうかは全然わかんないけど、これは本当に何となくなんだけど、見ているのは女の人じゃないかなって感じたんだ」

「女？」

「わからないよ。何となくそう感じたっていうだけで。でも、もしも本当に女の人で、青ちゃんを見てるってことは、ひょっとしたら青ちゃんのお母さんが顔を見たくて会いたくて、近くに来て見ているのかなって考えたんだけど」

皆の口が、あ、って開いてしまって、私の口も開いていた。

青の、産みの母親、の人。

「本当にわからないよ？　確かめたけど後ろを歩いている人はいないんだ。でも見られているってことは、周りのどこかの家の中から見ているんだって思った。すると、そこに住んでいる人ってことになるから」

そうか、って拓郎さん。

「通学路沿いにはアパートがいくつかあるよな。そのどっかを借りて住んでいる大人の女の人。つまりは青ちゃんの産みの母親か、って思ったのか」

「そう」

そうか、それで紺は、我南人さんが青を寝かせに行ったので今相談しようって思ったのね。皆が考え込んでしまって。

「見られている、というのを紺の勘で間違いないとすると、そんなことをする理由のある人としては、青の産みの母親というのは確かにあるかもね。そして可能性も高いのかもしれないわね」

サチさんが言って、勘一さんも、ううん、と唸って。

「他の可能性はねぇか？　たとえば、なんだ、ほら、スカウトマンとかよ。きれいな男の子を探しているとかよ」

「それはないんじゃないかしら。登校時間だから朝早くよ。そんな勤勉な芸能スカウトマンなんているもんですか。それに見つけたのならすぐに声を掛けるわよ。しばらく見ているなんてことはしませんよ」

サチさんが言います。芸能界には詳しいですもんねサチさんも。長年〈LOVE TIMER〉のマネージャーをやってきたんですから。

「他には、何も考えられないですよね。青ちゃんに関係する女の人なんていうのは、産みの母親以外には」

セリちゃんもそう言って。

「いや、こりゃあ我南人に話すのが手っ取り早いんじゃねぇか？　誰もその女のことはわからねぇんだから、これ以上どうしようもねぇだろう」

「や、でも僕の勘違いかもしれないし、本当に女の人かどうかもはっきりわからないし。こんなこと言って、なんかお父さんがまたその女の人のところへ行ってどうにかなっちゃったらやだなっていうか、困るだろうっていうか」

私が可哀相になるって思ったのね紺。優しくて、智慧の回る子。

「ねぇ」

藍子が手を上げて。

「私が明日から紺ちゃんと青ちゃんと一緒に通学路、歩いてみるよ。少し離れて幼稚園に行く青ちゃんと紺ちゃんの後ろから見てる」

「藍子が？」

「何でだ」

「私はちょっと遠回りになるけど、中学生が登校してるだけだから全然変じゃないでしょ。仮に誰かが見ていたとしても不思議には思われない。少し離れた後ろから見てれば、どこかのアパートの窓から、誰かが紺ちゃんと青ちゃんを見ていたらすぐにわかると思うんだ」

「なるほど」

それは、確かに。

「こちらの視線を気取られないように、晴れてたら日傘でも差そうかな。登校中に日傘を差す中学生って変かな？」

日傘。

うーん、って皆が考えます。

「まぁ悪いこっちゃねぇけど滅多にいねぇだろうから、目立つっちゃあ目立つなぁ」

「帽子は？　藍子ちゃん。つばのある帽子。それなら視線も遮られるでしょ。私いいのを持ってる。セーラー服で登校で被(かぶ)ってもそんなにおかしくない帽子」

セリちゃんが言って、藍子がそうする、って頷いて。

「そしてね？　私は絵がすごい上手い。一度でもその見張っている人の顔をはっきりと見られれば、すぐに似顔絵が描けると思う。もしも本当に女の人で、その似顔絵を描くことができたなら」

勘一さんが、ポン！　と腿の辺りを打ちます。

「その似顔絵を我南人に見せるんだな？」

「そうね、それで確かめられるわね。その人が青ちゃんの産みの母親なのかどうか」

「今の今まで誰にも言わないでいるものを、そんな簡単にあいつが言うかどうかってのはあるが」

勘一さんが言って、サチさんが頷きます。

「言わないにしても、その後の我南人の行動ではっきりするでしょう。それで視線が消えたらそうだったのか、ってことかもしれないし、消えなかったら」

「消えなかったら？」

どうしましょうか。

「また別の方法を考えましょう。たとえば」

「藍ちゃんが僕たちを尾行してくれて、見張っていることと、その人が見ているアパートの部屋さえわかれば後は何とかなるんじゃないかな。逆にこっちが尾行してやればいいんだから」

その通りだけど、紺、本当にあなたって小学六年生なのかしら。ものすごく冷静で理知的で頭が回るんですけど。

人生何回かやり直してないでしょうね。

「そういうこったな。本職の探偵でも何でも雇ってその人物を調べてやりゃあいいこった。それで何もかもわかる」

そうしましょう。

「それまでは、我南人さんに内緒ですね」

セリちゃんが言って皆が頷きます。

変なふうに気を回して仲間はずれにしてしまってなんだけど、これはちょっとしょうがないわよね。

第二章 Little House in the Big Woods

一

翌日の朝。

いつも通りの朝だけれども、いろいろやることがあって皆が気もそぞろじゃないけれども、ちょっとだけ雰囲気が違う。

藍子は紺と青の後を尾けていかなきゃならないし、しかも似顔絵を描かなきゃならないし。

私と勘一さんは、〈つつじの丘ハウス〉に行かなきゃならないし。

朝ご飯を食べているときに我南人さんの今日のスケジュールを訊いたら、特別なことはないけれども、〈LOVE TIMER〉の皆とスタジオに集まって新曲の打ち合わせというか練習というか、曲作りというか、そういうことをやってくるって。晩ご飯までには帰ってくるからって。

うん、わりといつも通り。

〈LOVE TIMER〉の曲はほとんどは我南人さんが書いているんだけど、全員で作る曲も多いのよね。ちょっとしたフレーズだけ我南人さんが持ってきて、それを皆でスタジオで実際に楽器を鳴らしながら、わいわい言いながら作る曲もあるんですって。

「あ、青を迎えには行けないからぁ、朝送っていこうかぁ？」

ほぼ全員がちょっと前のめりになろうとするのをぐっと堪(こら)えたところに、紺が。

「いや、僕が行くからいいよ。大丈夫」

いつも通りに、何の感情も交えずに静かに答える紺。この子って本当に何事にも動じない鋼(はがね)の心を持っているわ。

いつも通り、紺が青と一緒に「行ってきます！」って元気に出ていく。

そしていつもは紺たちより少し早めに出ている藍子は、わざとちょっと遅らせて、セリちゃんから借りたチューリップハットを被って「行ってきます」って。

うん、大丈夫、藍子の名前に合わせたみたいな深い藍色だから、紺色のセーラー服にも似合ってる。まぁ普段は帽子を被ることはないから、多少の違和感はあるけれども、他人が見てもきっと何も気にしない。

我南人さん以外が、全員よし予定通りっ、て心の中で頷いていたと思うわ。

朝ご飯の後片づけをサチさんと一緒にして、部屋のお掃除はそのままサチさんにお願いしちゃって。

「じゃあよ、俺ぁ準備できたら秋実ちゃんと〈つつじの丘ハウス〉に行ってくるからよ。サチと拓郎で店の方頼むわ」

うん、それは昨日の夜にちゃんと我南人さんに言っておいたから、大丈夫。我南人さんも行ってらっしゃいって。

「大丈夫よ。若木さんによろしく伝えてね」

「おう。帰りは昼過ぎになると思うからよ。どっかで秋実ちゃんと昼飯は食って帰ってくるよ」

「わかりました。秋実ちゃん、チャンスだから好きなもの食べてね。この人に合わせたら蕎麦(そば)屋さんにしか行かないわよ」

笑っちゃった。勘一さんってそうなんだ。美味しいものは大好きなはずなのに、自分で外食するとなるとお蕎麦屋さんばっかりなんだって。

「行ってきます。青のお迎えお願いします」

ひょっとして、勘一さんと二人きりで外出って初めてかもしれない。


〈つつじの丘ハウス〉があるのはお隣の埼玉県の川越(かわごえ)市。電車で大体一時間ぐらいかな。駅からはバスで十分ぐらい。バス停からはすぐだから、歩いても大丈夫。

「何か、新鮮ですね」

勘一さんと連れ立って道を歩くのも、電車に並んで座るのも全部が本当に初めてのことばかり。電車の座席に並んで座ってそう言ったら、勘一さんも、おう、って。

「確かにそうだな。秋実ちゃんと二人で出かけることなんか、ねぇからな」

古本を仕入れに出かけるのは、勘一さんと拓郎さん。たまにセリちゃんが行くことはあっても私が出かけることはないから。

「そういや、あれだ。紺に二人のなれ初めを教えたのかい。なんで勘一さんとサチさんと呼ぶかって」

「あ！　忘れてました」

　そうだそうだった。

「でも紺も何も言ってなかったので、あの見張られてる件で忘れちゃったのかも」

「いやぁ、紺は忘れねぇだろう。まぁそのうちでいいかって思ったんだろうよ。頭の回る男だからな紺は」

「お父様の草平さんによく似てるって言ってましたよね」

　そうなんだよなぁ、って勘一さん、正面を見ながらちょっと腕を組みました。

「もう六年生になってな、大分大人っぽくなってきてよ。ますます親父に雰囲気が似てきた。紺に何か言われると親父に言われてるような気がして、何でも言うこと聞いちまいそうでよ」

「それは困ります」

「困るな」

　笑っちゃう。

「楽しいですね。姉弟三者三様で」

「まったくだ。孫がいるってだけで嬉しいのによ、個性豊かな三人で楽しくてな」

　ふぅ、って息を吐く音が聞こえてきて。

「こんなところで、今更言うこっちゃねぇけどな。秋実ちゃんには本当に感謝してる。もちろんサチもよ。あんなバカ息子のしでかしたことをな。文句も言わず、受け入れてくれてよ」

　本当に今更です。でも、何でもないです。

「青も、大事な大切な私の子供です」

私の大好きな人の子供なんですよ。だから、大丈夫です。青だって、いつか話す日が、あるいは知られる日が来ると思うけれど、それでもきっと大丈夫。

「私がいちばんよく知ってますから」

愛情いっぱいに育てられたなら、何があっても大丈夫だって。それは、親の愛も知らずに施設で育った私たちがよくわかってるから。


その昔はお寺だったんだっていう話は聞いたことがある〈つつじの丘ハウス〉。

確かに全部がほぼ木造で、玄関周りの和な感じとか、細長い木の廊下とかちょっと古いお寺っぽい雰囲気はあるなって、大人になってから思ったんだよね。

どうして〈つつじの丘〉なんていう名前になったかは、それこそこの辺りは大昔は丘になっていて、つつじがたくさん咲いていたっていうごくごく単純な話だった。

でも、今は丘って感じもしない。確かに少し坂道の上のところにあるかな、ってぐらいで、つつじはまぁ今の時期、庭にはけっこう咲いているかなって感じ。周囲にたくさんあるかというと、そうでもない。

懐かしい。物心ついた頃から十八歳までを過ごした私の、そう、ここは実家みたいなもの。

玄関周りを、竹箒（たけぼうき）で掃除している人がいる。背の高い、細身の男の人。

「中島（なかじま）さん」

呼ぶとこっちを見て、笑顔になって頭を下げて。

「堀田さん。秋実さんも、ご無沙汰しております」

「いや、こちらこそ。お元気そうで何よりですな」

「堀田さんも、お変わりなく」

確か、中島さんは勘一さんと同年代のはず。私のお母さんを、生きているときのお母さんを知っている唯一の人。お父さんのことも。

「今日来られるというので、お会いできるのを楽しみにしていました」

「もう五、六年ぶりぐらいですかな」

東京に用事ができると、〈東京バンドワゴン〉に顔を出して子供たちへの本なんかを買っていく中島さん。

私がここを出るのと、中島さんがここで働き出すのが同じ頃だったから、中島さんとは一緒に暮らすことはなかった。

ママ先生の話では本当に子供好きのいい人だって。仕事は何でもきちんとできるし、それに元ヤクザだから、どんなに危ないことが起こってもしっかり対応してくれるんだって。

私が中島さんと会うことがなかったら、今こうして平和に暮らすことなどなかったって、感謝の手紙も貰ったことがある。私にとっても、人生で大切な人の一人。

「さ、どうぞ。園長がお待ちです」

中に入って、園長室へ向かう。園長室って言っても普通の八畳間ぐらいの和室で兼ママ先生の寝室。その隣は台所。人数が少ないときにはここの大きなテーブルに皆が座ってご飯を食べるようなところ。

私がいた頃には、多いときには全部で十五人住んでいた。本当に小さな子もいて、私たち大きな子が世話をしていたっけ。

「秋実！」

「トモちゃん！　久しぶり！」

トモちゃん。智子(ともこ)。今ここで働いている、私とずっと一緒にいた幼馴染み。親友。

「元気だった？」

「この通り、元気」

あの頃と変わらない愛嬌たっぷりの笑顔のトモちゃん。私が高校を出てすぐに我南人さんと結婚したように、トモちゃんは卒業してすぐにここで働くことを決めた。いまや、ママ先生の右腕。電話ではたまに話しているけど、会うのは久しぶり。

「今何人ぐらいいるんだっけ？」

「今は、八人」

「あ、少ないね」

でも、少ないっていうのは基本的には良いことなんだ。親と一緒に暮らせない子供が少ないってことなんだから。まぁ一概にはそう言えないってことはわかってるけど、それでも。

「全員がもう中学生と高校生だから、手が掛からなくて楽よあの頃より」

「だよね。自分のことは自分でできるしね」

本当に私とトモちゃんが高校生の頃には、年齢層に幅があってすっごく大変だった。主に年長者たちが。

「そういえばね秋実」

「なに？」

「森夫くん覚えてる？　渡邉森夫」

森夫くん。

「覚えてるわよ。可愛い森夫くん」

幾つ下だったっけ。

「私がここを出るとき、まだ小学生か、中学生だった？」

「確か、秋実の五つか六つ下だったから、六年生か中一だったかな」

そうそう、私が結婚するって言ったらすっごく淋しそうな顔をしていたの。

「森夫くんがどうしたの？」

「昨日、ここに電話があったの。秋実姉ちゃんは、今でも古本屋さんでお嫁さんやってるのかって」

「へぇ、昨日？」

「ちゃんといるわよって言っておいたけど、会いにお店にでも行った？」

「えー、森夫くんは一度も来たことないし、電話もないよ」

もうバラバラになっちゃったあの頃一緒に過ごした子供たち。お店に来てくれた子もいるけれど、今でも連絡を取り合っているのは、施設にいるトモちゃんだけ。

「森夫くんは？　今はどうしているのか聞いてる？」

うん、って力強く頷くトモちゃん。

「あの子は偉いわよ。自分で働きながら大学行って、今は商社勤めよ」

「商社！」

あの森夫くんが。

「どこだったかな。たまに聞く名前の商社」

「総合商社〈丸五〉ですよ」

後ろで聞いていた中島さんが教えてくれた。

「そりゃあ大したもんだ。〈丸五〉って言ったら十本の指には入る商社だろう」

勘一さんが説明してくれた。

うん、確かに聞いたことはある。全然かかわることのない商社ってものの名前を聞いたことがあるんだから、きっと一流よね。

「凄いね、偉いね。どんな仕事してるんだろう」

「そこまでは聞いてないな。でも、忙しいんだって言ってたから」

「そっか」

でもわざわざ私のことを訊いてきたのなら、そのうちにお店に顔を出してくれるかもね。

「こんな廊下で立ち話して」

「ママ先生！」

「どうも、ご無沙汰しまして」

「こちらこそ」

ママ先生も、全然変わりなかった。でも白髪が増えたかな。

「さ、どうぞこちらへ。狭いところでしかも台所なんかで済みませんけれども」

そうなんだけど、しょうがないよね。お客様を通せる部屋はここしかないから。うん、どこを見ても懐かしい。

ずっと私はここにいたんだよね。

「智子もそうだけど、秋実も全然老けないわね」

「え、そう？」

「まだ二十代でも通じるわね。よほど堀田家の皆さんに大事にされているのね」

えー、いえ確かに大事にされているって思うけど、そんなに老けていないかな。もう二人の子供を産んで三人育てている三十五歳なんですけど。

「秋実ちゃんは、童顔ですからな。今でもセーラー服でも着られるんじゃないですかね」

「やです勘一さん」

さすがにそれはどこのパブのお姉ちゃんって言われちゃいます。

「あ、私がお茶淹れるね」

「何言ってるの。お客さんなのに」

「実家に帰ってきた娘でしょ」

ずっとここでそんなことをしてきたんだから。皆のご飯を作ったり、ちびっ子たちにおやつを配ったり。

「それで、堀田さん。これが、うちにある『不一魔女物語』ですよ」

台所のテーブルに置いてあった紫色の風呂敷包み。それをママ先生がするすると解くと、中に二冊の本。

勘一さんが、うむ、と唸って、失礼しますってそっと二冊を並べるように置いて、一冊を静かに開きます。

「確かに、『不二魔女物語』」

ですよね。懐かしいですこの古さ。〈東京バンドワゴン〉にあるものよりもずっとボロボロ。

勘一さんが、そっとページを捲っていって。

「もう本当にボロボロでしょう？　バラバラになりそうなのでしまっておいたんだけど、そういえば堀田さんのところに持っていけば直してもらえるかなぁって思っていたのをすっかり忘れていて」

「そうですかい」

これなら、って勘一さん。

「充分、補修で直りますよ。しかし残念ながら、あぁここんとこはページが抜けちまっているようで」

「そうなんですよね。たぶんもうどこにもないと思います。本当にもう古くからあって、ただの童話の本だと思ってそのままにしてあったので」

お茶が入りました。

「まぁ電話でちらっと話しましたがね。こいつは実に貴重な古書でして、嫌らしい話ですが随分と高値で取り引きされる本なんですよ」

ママ先生が、そうですってね、って頷きます。

「現存するのは五冊ぐらいじゃないかって話のこの本が、二冊もここにある経緯ってのは、若木さんはご存知なんで？」

ママ先生、ちょっと困った顔をして。

「それが、まったくわからないんですよ」

「まったくですか」

「私がここで働き始めたのは四十年近くも前なんですけど、そのときにはもうこの本はあったように思うんですよね。ただ、ここを作ったのはお坊さんなんですけど」

お坊さん。お寺の住職さんね。ママ先生がちょっと待ってくださいって部屋に戻って、持ってきたのはこれも古そうな写真のアルバム。

「昨日電話の後にね、何かの参考になるかと思って出しておいたんですけど、ここの記録みたいなものなんですよ」

開くと、本当に古い写真ばかり。たぶん、ハウスの前身のお寺とか、子供たちの写真も。

「これ、確かにつつじがたくさん写っているかも」

「そうなのよ。たぶん、戦前ぐらいからだと思うんですけど」

「確かに、こいつぁ貴重な写真ですな。このアルバムだけで売れますよ」

「え、ただの写真アルバムも売れるんですか？」

別に有名人が写っているとかじゃないですけど。

「貴重な資料だと判断できりゃあ、ごく普通の写真アルバムだって古本屋では扱いますぜ。うちには今のところ表に出すようなものはねぇけれど、蔵にはいくつか、その時代を象徴するような写真も眠ってる。だからこいつも、人によっては貴重な資料となるんですよ。ま、簡単に言えばこの川越市の歴史を紐解いていく資料作りにも役立つ。つまり、売れる」

「そういうものなんですね」

何でも取っておけばいいことがあるのかも。

「それで、堀田さん。本当に昨日言われて、私も気づいたんですけど」

ママ先生がアルバムのページを捲って。

「この建物の写真ですね。書き込みがあるでしょう。ここに」

「お、美野島邸とありますな！」

字が薄れちゃっているけど。

「ですよね。この本の挿絵を描いた人と、同じ名前ですよね」

確かに、美野島邸にて、ってたぶんインクとペンで書いてあって、古い西洋館みたいな感じの建物をバックにして、男性たちが写っていて。

勘一さんが頷きます。

「昨日も言っていたんですよ。この美野島不一のアトリエが埼玉にあった、ってのは事実としてわかってるんで、ひょっとしたらご近所さんで交流があってこの本をここに寄贈したんじゃないかってね」

「これが、その美野島さんのお宅なら、そうなのかもしれませんね。この坊主頭の男性が、おそらくここの元となったお寺の住職さんだと思うんです」

「なるほど」

たぶんそうですよね。

「これ以上のことは、それこそここの土地の登記簿とか、そんなのを辿っていって知っている人を探すしかないんですけど」

「いや、充分ですよ若木さん。こうして写真があったというだけで、何かしらの関係があって本がここにあるんだろうとわかりますからね。それで、こいつをうちに譲ってもらう件ですがね」

「あぁもうどうぞどうぞ。うちに置いといてもこのまま処分しちゃうはずだったので。そんなに貴重なものなら、表に出して好きな方に愉しんでいただくのが、この世に出た本のためですよね」

その通りだと思う。どんなに古い本でも、それを必要とする人がいるかもしれない。読まれることこそがその本にとって、本を書いた人にとっての幸せ。だから、読めるようにして世に出すのが古本屋の使命。

「ありがとうございます。それで、うちと若木さんの間だ。正直にお話ししますが、これはこのまま世に出しても、ご覧の通り相当な破損もあってせいぜいが一冊につき売値で二十万ってところなんですよ」

それでも、二十万もするんですね。

「ですが、二冊もあるし、二冊で五十万ってところで売っていただくのはどうでしょうね。掛け値なしの正直なところです」

「いえいえ！　そんな大金！　どうぞただで持っていってください。本当に、ただ捨てられるはずのものだったんですから」

ママ先生慌ててます。

「そういうわけにはいきませんや。これは商売のお話です。正直ついでに言うと、商売としては、そうやって買い取ってそれぞれを売っちまっても誰も文句を言いませんがね。若木さんの言う通りなんですよ。表にきちんとした形で出して、愉しんでもらってこそ、本なんです。ですからうちでは、できるもんなら修復して、きっちり元の本の形にして売りたい。そしてこれを修復してきれいにするには、二冊を一冊にするしかねぇんですよ」

二冊を一冊に。

そうか。

「抜けちゃってるページもあるから、なるべくきれいなとこだけを取っていって、一冊に修復するんですね？」

「できるんですか？」

「できますとも。他にもこれが作られた当時の他の古書をバラして同じような状態の紙を使ったり。まぁそれなりの予算と手間暇が掛かる修復ですな。この二冊なら、間違いなく良い状態のものが一冊仕上がりますよ。それでも、修復しちまった分だけ〈古書〉としての価値は下がるもんでね」

「あ、下がるものなんですか？」

ずっと話を聞いてたトモちゃん。

「古書ってものは、そのままの状態であることがいちばん価値があるもんなんでね。修復しちまうと、それはもう実質古書ではなくなるってことですからな。ただの古い本、になっちまうんで」

そうか、ってトモちゃんもママ先生も頷いている。

「ですから、そうやって修復しちまうと、せいぜい頑張っても売値は百と二、三十万。ですから、うちの利益は七十万ってところですかね。どうです？　そんなにべらぼうな利益でもねぇですから、お互いに気遣いなく手を打てるってもんでしょう？」

ママ先生、微笑んで納得するように頷いて。

「わかりました。うちの利益の五十万は、しっかり今の子供たちのために使わせてもらいます。ちょうど洗濯機や掃除機が一度に壊れちゃって、修理しようか安いのを探して買い替えようか悩んでいたんです」

「そりゃ丁度良かった。なんでだか、ああいう家電は同時にいろんなものが壊れますな」

本当にそう。示し合わせたみたいに冷蔵庫とレンジが壊れたりするのよね。

お店に帰って、拓郎さんに『不一魔女物語』の二冊を見せると、本当に嬉しそうにして。

「まさかこれが二冊も並んでいるところを見られるとは、ですね」

「まったくだ。こんなことがあるから辞められねぇし、あれだなぁ、秋実ちゃんに感謝だな。秋実ちゃんが嫁に来てくれなかったら、これを見つけることができなかったんだからな」

いえいえ、それは違います勘一さん。

「私がもっと早くに蔵の中のものを全部見てこれを見つけて、ハウスにもあったわ、って言えばもっと良い状態で手に入ったかもしれないんですからね。むしろ私の失態です」

いやいや、って二人で笑います。

「何にしても、これはページが落ちちゃってなくなっているんだし、表紙もひどい状態だから、どうやってもバラして一冊にする修復ですね？」

「おうよ、頼むぜ。せめてうちにあるこいつと同じぐらいの状態にしてくれや」

「腕が鳴りますよ」

拓郎さんの修復の腕は、もう勘一さんを超えているって言ってました。

「あの、一冊にして、残ったものはどうするんですか？」

二冊を一冊にする修復なんていうのは、私がここに来て初めて見ますけど。

「まさか捨てやしないよ秋実ちゃん。まぁどうしたって売り物にはならねぇから、暇を見ながらなくなった部分をな、オリジナルに沿うように新しく作っておいて、貴重な資料として保管しておくからさ」

そうですよね。捨ててしまうのは余りにも不憫ですよね。

＊

夕方になりました。

紺がいち早く帰ってきて。

「ただいま」

「お帰りなさい。それで、どうだったの」

「いたと思う。確かに見られているのを感じた」

「やっぱりそうなの」

間違いないのかって思ったところに、店のガラス戸に影が映って。

「ただいま!」

「あら、お帰り」

セリちゃんに借りた帽子を被って藍子も帰ってきて。

「随分早いね。部活は?」

「休んだ。似顔絵を描いたから早く見せようと思って」

似顔絵。

描いたってことは。

「やっぱりいたんだよね?」

紺が訊いて、藍子は、うん、って大きく頷いて。

「今見せるよ」

そのまま急いで居間に行って。二人して鞄(かばん)を置いて、座卓について。サチさんもやってきて、勘一さんも店から居間に戻ってきて。

「お父さんは? 青ちゃんは?」

藍子が周りを見渡して。

「今は大丈夫よ。青は蔵に拓郎さんと一緒にいるし、我南人さんはまだ帰ってないから」

うん、って頷いて、藍子が鞄からスケッチブックを出した。

「藍子、いたの？　やっぱり」

サチさんが言って藍子がまた頷いて。

「いた、間違いなく、紺ちゃんと青ちゃんを見ている人がいた」

「どこにいたんだ？」

「いちばん新しいアパートあるでしょ。名前が〈トマトアパート〉っていう変な名前の薄いピンク色みたいな壁の」

「あそこに？」

去年、いや一昨年だったかな。古い〈深山荘〉っていうアパートがあったんだけど、そこを取り壊してきれいな二階建てのアパートができたわねって皆で話していたら、名前が〈トマトアパート〉って。

笑ったわよね。ユニークでいいけど、どんな人がオーナーなのかなって。

ご近所と言える距離だけど、生憎と勘一さんもサチさんもそこの人とは全然付き合いがなくて知らない人らしくて。

「そこの二階の窓から見ている女の人がいた」

「やっぱり女の人だったの？　凄いわね紺のカンは」

ちょっと空恐ろしくなるぐらい。超能力みたいね。

これ、って藍子がスケッチブックを開く。そこに描かれていたデッサン。確かに女の人の顔。

ボブカット風の髪形に、切れ長の眼、そして細面の人。服はこれは薄手の春物セーターかな。

でも、親の欲目抜きで本当に上手いわ藍子。とても中学一年生が描いたとは思えないぐらい。

「なかなかの美人さんじゃねぇのか？」

勘一さんが言って、藍子も頷いて。

「私もそう思った。でも、青ちゃんにはまるで似ていないかも」

「そうね。まったく似ていないわ。眼も、鼻の形も唇も」

サチさんもそう言って。

「唯一細面、ってところだけは同じかな」

「何歳ぐらいだと思った？」

紺が訊いて、藍子が首を少し傾げて。

「たぶん、お母さんと同じぐらいかな、って印象だったかな。違っても、そんなには離れていない感じ」

「そうよね」

この絵を見ても、雰囲気は二十代後半から三十代後半。少なくとも四十代五十代のご婦人じゃないわ。

「様子っていうか、どんな雰囲気だったよ藍子。ちらっとでも、はっきり見たんだろう？」

「様子は、うん、真剣に見ていたっていうだけ。おかしなっていうか、変な人って感じはしなかった。ただ、真剣に観察していたっていうか」

そうね、ってサチさんが頷きます。

「藍子の絵は、本当に上手なのよ。人物を描いてもその人の内面が滲み出るような絵を描くわよね。それからすると、この絵の女性には、少なくとも嫌らしい雰囲気はないわね」

「確かに」

うん、って勘一さんが頷きます。

「一応確認するが、誰も知らない顔だよな？」

勘一さんが皆を見回します。

「知らない」

「僕も」

「わたしも、見たことないわね」

「俺もだ。まぁ店にやってきた客の中にいたかどうかまではっきりとはしねぇが、少なくとも記憶の中にはねぇな」

もちろん、私も。

「他に何か気づいたことはねぇか。何でもいいが、普段とは違うものが眼についたとかよ」

藍子と紺が、首を捻って考えて。顔を見合わせて紺が。

「関係ないかもしれないけど、最近この辺でバイクの音がよく聞こえるなって」

「バイク？」

「オートバイ？　の排気音だったっけ。ブルルルルッ！　っていう」

「マフラーからする音ね」

「郵便配達だってバイクの音だからな」

いや、違うよって紺。

「もっと大きなバイクの音。大通りではよく聞くけど、この辺では聞かないなぁって思った。その音を聞くようになったのと、視線を感じたのはひょっとしたら同じ頃かも」

ふむ、って勘一さん。

「大型のバイクってことか。確かにこの辺りを走ってることはほとんどねぇな」

そうですね。そもそも道が狭いから大型バイクの人たちはこの辺りは走りたくないかも。紺の勘の良さを考えると、そのバイクも何かしら関係しているのかしら。

「まぁ、それもよくわからんな。ってことは、とりあえずこの似顔絵を、我南人が帰ってきたら見せてみるしかねぇな」

「そうするしかないですね」

やっぱり、青が眠ってからですね。


念のために、青に気づかれないように拓郎さんと、帰ってきたセリちゃんにも確認したけれど、二人とも少なくとも知った顔ではないって。

拓郎さんが言っていたけど、店にやってきて何も買わないで帰った客の中にいたのなら覚えてもいないだろうけど、少なくともこれだけきれいな人であれば、古書を買いに来たきれいな人、っていう印象が残るだろうから覚えているはずだけど記憶にはないって。

まぁ男ってそういうものよね、と思ったけど確かにその通りだと思う。女性だってハンサムが来たら印象に残るものね。

いつものように晩ご飯。

今夜は豚バラ肉にキャベツやピーマンに人参、長ねぎもたっぷり入れた回鍋肉（ホイコーロー）。美味しいのに炒めて調味料と合わせるだけの簡単調理なのでいいんですよね。お味噌汁は豆腐に油揚げにネギ。春雨と胡瓜と薄焼き卵を合わせた中華サラダも一緒に。

うちの回鍋肉は大皿に思いっきり盛るんだけど、人数が多いので二皿分作ることになって、じゃあというので、一皿は大人向けに鷹の爪も入れてちょっと辛めのも作って。ザーサイもあったので、筍と一緒に炒めて中華風の一品料理に。

お店も七時に閉めて、後片づけをして皆が揃ったところで「いただきます」。

「智子ちゃんも若木さんも中島さんも、皆元気だったぁ？」

「元気です元気です。全然お変わりなく」

「中島さんは、年取ってトゲが無くなっていって、俳優みたいな渋さが出てきたな」

「あれ、彼ねぇ昔俳優やってたからじゃないかなぁ」

「え？　そうだったんですか？」

「随分昔ぃ、それこそあのときに海坊主さんが言ってたなぁ」

「誰の話？」

「うみぼうず!?」

「勘一さんの古くからの知り合いのあだ名よ。お母さんも我南人さんと出会った頃に会ってる。あ、そう、紺」

「なに？」

「どうしてお母さんが、お義父さんお義母さんを、勘一さんサチさんって呼ぶか教えてあげる」

また忘れるところだった。

「お母さん、我南人さんと出会ったのは高校三年生のときだったの。とんでもない出来事があって我南人さんに助けられて、ここに来たのね」

「とんでもない出来事って？」

「それは、長い話になるので省略。その日からしばらくお母さんはここでお世話になることになったの。ほら、孤児で親はいなかったから。それで、お義父さんのことは勘一さん、お義母さんのことはサチさんって呼んでいたから、我南人さんと結婚してもそのままになっちゃって」

「私と拓郎もいたんだよそのときから」

「そう、俺らも拓郎さんとセリちゃんってそのときから呼ばれてたからね」

「懐かしい話だなおい」

ふぅん、って紺と、藍子も。

別に大した理由でもないでしょ？

「そのとんでもない出来事っていうのが、お父さんとお母さんのなれ初めの話になるんだね？」

「とんでもない出来事があって、そしてそのまま二人は結婚しちゃったってことなんだね？」

「そういうことです」

ものすごく簡単に言うと。

もっと簡単に言えば、たぶん私は一目惚れだったんだろうけど。

「まぁそのとんでもない出来事は、もうちょぃい大きくなってからじっくり聞けばいいさ」

「いま、きいたらダメなの？」

青。

青はまだいろいろわかんないところがたくさんあるだろうからね。

「駄目じゃないけど。長いの。話が」

芸能界にうごめくいろんなもののお話になってしまって、ものすごく大人の話なの。さすがに

お風呂上がり。

まず、青を寝かせてからだから、今夜は私と一緒に寝ましょう。そして、私が二階から下りてくるまで、我南人さんには話があるからって居間で待っててもらって。

勘一さんも我南人さんも、外でお酒はけっこう飲む方だけれども、家での晩酌の習慣はほとんどないのよね。たまにそれこそ〈LOVE TIMER〉の皆が来ていて泊まっていくときとかは、楽しく飲んだりするけれども。

だから、家計にも優しい我が家の男性陣。お風呂上がりにもそれぞれ麦茶とか熱いお茶とか、ジュースを飲んだり。我南人さんはコーヒーを淹れるけれども。

「我南人さん」

「うん、話ってなぁにぃい？」

「実はね」

藍子も紺もまだ部屋に行かないで待ってた。

「まずは、この絵を見てくれる？　藍子が描いたの」

藍子のスケッチブックを、我南人さんの前に広げた。

我南人さんが手に持って、どれどれって。

「誰を描いたのぉ？　やっぱり絵がとんでもなく上手いねぇ藍子は。本当にさぁ、親の欲目抜きで天才かって思っちゃうよねぇぇ」

　いつも通りの、我南人さん。

　見た瞬間、何もおかしな反応はなかった。驚いたり眼が泳いだりそんなこともまったくなし。

「きれいな人だねぇ。誰？　担任とか、美術部の先生とかぁ？」

「うーんとね」

　藍子が話を合わせようとしたけど、勘一さんがいや待て、って止めた。

「我南人よ。どうやらこの絵の女、知らねぇようだな？」

　我南人さん、きょとんとした顔をして頷いて。

「知らない人だねぇ。僕会ったことある人ぉ？」

　やっぱり、本当に知らないんです。こんなふうに嘘をつける人、もしくはとぼける人じゃないから。

「わかった。これで違ったってことだな。実はな、我南人よ」

　勘一さんが私を見たので、説明。

「紺が気づいたの」

　青と一緒に幼稚園に行くときに、誰かに見られているのを。単に見られているのか、見張られているのかはわからないけれど。

　それを、紺は女の人だと感じた。それで女の人が青を見ているっていうのは、ひょっとしたら、青の産みの母親が青を見たさにこの辺に引っ越してきているんじゃないか、毎日見ているんじゃないか、って心配した。

まず見ている人がいるか、それが女性かどうかを確かめる方法として、藍子が紺と青の後を尾けて、そして確かに近所のアパートの二階から二人を見ている人を発見した。

真剣な顔してきちんと話を聞いて、我南人さん、なるほどって大きく頷いて。

「そんなことがあったのかぁあ。それで僕には今まで内緒にしていたんだねぇえ。なるほどぉ、青を見ている女の人ねぇえ」

我南人さんが、スケッチブックを手にしてもう一度じっくり見ます。

「うん、まったく知らない顔だ。ちょっと女優の桜庭万紗子（さくらばまさこ）に似てるけどねぇ」

「あ、確かに」

人気の女優さんに少し似ています。そういえばこの間のドラマでこんな髪形をしていたっけ。

「紺と藍子まで確認したんだからぁ、目的はまるでわからないけど、見ていたのは事実なんだねぇえ？」

「事実」

「事実」

藍子と紺が揃って言って大きく頷いて。

我南人さんが、うーん、って唸って天井を見上げて考えるようにして。

「確かにぃ、紺が思ったように、青を見張ってるというか、そうやって見ているような女の人って考えるとぉ、産みの母親っていうのが素直に繋がるよねぇ」

「繋がらねぇんだろ？　まったく違うんだろ？」

勘一さんが念を押すように言うと、我南人さんも大きく頷きます。

「違うねぇ。この女の人は僕のまったく知らない人。それは保証するよぉ」

うん、って勘一さんが頷いて。

「わかった。見られているってのがわかって放っておくのは気持ち悪いからよ。ちょいと調べてもらうか。〈トマトアパート〉のその部屋を借りて住んでるのは誰なのかを」

「そうですね」

確かに、気持ち悪いと言えば気持ち悪いです。

「この辺の不動産屋、ですかね」

「だな、普通はそんなの教えちゃくれねぇだろうが、ちょいと遠回しに探ってもらうさ。あるいは、あの辺の町内会長さん誰だったかな。訊けばわかるかもしれねぇ」

勘一さんが言うと、我南人さんがうーん、って唸りました。

「ちょっと待ってねぇえ親父ぃ。藍子ぉ、これちょっと借りていいかな？　スケッチブックから切り離していい？　あ、コピー取ればいいかぁ」

コピー機は店にあります。

「いいけど」

「待ってどうすんだよ、それを」

うん、って我南人さん、また絵を見ながら少し考えました。

「ひょっとしたらさぁ、僕じゃなくて〈LOVE TIMER〉絡みってことも考えられるよねぇえ。

僕たちのファンの人とかさぁ」

「お、ファンか」

「ファンの人ね。そうね」

確かに、その線がありましたか。

「おめぇのことばっかり考えてたけど、確かにジローやトリやボンたちもな、ファンの数は多いからな。昔ぁグルーピーとかってな。やたらと過激なファンもおめぇたちの周りにはいたよな」

そうなんです。それはもう結婚してからもしばらくはそういう人たちに悩まされたこともしばしば。

「あいつらにもこの絵を見せてぇ、見覚えがないかどうか訊いてみるよぉ。ついでに、そんなようなことをしでかすような女の子に心当たりがないかもねぇ」

「わかった」

「あ、でもぉ、誰がそこを借りたのか、面倒くさいことしなくてもわかるんだったらぁ、調べてもらおうかなぁ。新ちゃん、わかんないかなぁ」

あぁ、新さん、新一郎(しんいちろう)さん。

我南人さんの幼馴染みで、〈篠原(しのはら)建設〉さんの一人息子。

「新の字な。そうだな、親父さんの篠原さんに訊いてみりゃあ、あそこを建てたのがどこかわかるよな」

「もしも新ちゃんのところで建てたのならぁ、扱ってる不動産会社だってきっとわかるよねぇぇ」

それでももしも簡単にわかるのだったら、それに越したことはないですね。

二

日曜日。

幼稚園も小学校も中学校もお休み。

でも、古本屋〈東京バンドワゴン〉には定休日はなし。もちろん日曜日も営業中。客商売をやっているところはほとんどがそうだけど、会社勤めをする方々がお休みの日曜日こそかき入れ時。実際、日曜日の売り上げが常にいちばんだから。

基本的には年末そしてお正月はしっかりとお休みするけれども、それ以外は不定期のお休みのみ。何かあったときには〈本日臨時休業〉の札を下げます。一応隔週の水曜日はお休みとした時期もあったようだけど、それもほとんどなくなっているとか。

でも、子供たちのお休みの日にどこにも遊びに行けないというのはよろしくない、と、藍子と紺が生まれてからは、日曜日に、店番をする人を残してお出かけすることも増えて。

藍子が中学に入って部活で日曜もいないのかな、と思ったら、文化部である美術部は日曜の活動は基本なし。何かに絵を出品するけどどうしても間に合わない！　ってときには、日曜も出るらしいけれど。やっぱり体育会系じゃないと、日曜は休むのよね。

今日は、上野（うえの）動物園に行くって。

昨日の夜に突然我南人さんが、明日は何にもないから、青にパンダを見せに行こうかって言い出して。ホァンホァンとフェイフェイは、まだ青は見ていないよねぇって。

上野のパンダ。

皆で、そういえばそうかって。ホァンホァンが来たときにはまだ青はいなかったし、フェイフェイが来たのは確か二、三年前。上野動物園に行ったのはその前だったものね。藍子は、久しぶりに動物のスケッチもしたいから一緒に行くって言って、紺はそれほど行きたくもなかったみたいだけど、青が一緒に行きたいって顔をしていたから、いいよって。優しいお兄ちゃん。でも、行けばけっこう楽しいよ。

そうなると当然じゃあ私も一緒に家族水入らずでってなったんだけど、実はあの日になってしまって。

私は、生理がものすごく重い。とんでもなく重い。

もう高校生ぐらいの頃からずっとひどくて、学校は当然休むし二、三日どころか一週間ぐらい何もしたくないぐらいに身体がしんどくなっちゃうタイプ。

結婚してからは本当に堀田家の皆が優しくてその日は何もしなくていいからって、朝ご飯作るのも家の掃除も何にもしないで部屋で寝ていて、様子を見にくる玉とノラの相手だけしている。

なので、さすがに皆で一緒に楽しく動物園を歩き回るのは、本当にごめんなさいだけどちょっと無理。

青を連れて行く大人は我南人さんだけでも、藍子もいるし紺だって一緒だから全然大丈夫だろうけど、念のためにってサチさんが一緒に行ってくれることになって。

私は、お留守番。

多少は気合いと体力で持ち堪えることもできるようになっているし、どんどん図太くなっている、としても、ずっと一人で部屋で寝てご飯まで運んでもらう、なんていうのは精神衛生上もよくない。

起き出して、居間の座卓でサチさんと一緒にやるはずだった毎日の帳簿付けと伝票整理。

「秋実ちゃん大丈夫ー？」

図書館自体は日曜日もやっているけど、大体日曜日はお休みのシフトにしてもらっているセリちゃん。それも、実は日曜日にうちの子供たちの世話ができるように、あるいは私が自由に動けるようにって。

セリちゃんは、子供ができない身体になってしまっている。それはもうどうしようもないことだからくよくよしたりはしていない。子供好きなので、いつかここから独立したときには養子を貰ったりすることも考えているみたい。それこそ、私が暮らしたような施設から。

だから、うちの子供たちのことも本当に、実の子供みたいに世話してくれて可愛がってくれる。藍子も紺も青も、拓郎さんとセリちゃんは赤の他人なんだけど、家族だと思って慕っている。

子供たちのいない今日は、拓郎さんと一緒に蔵で掃除をしたり本の補修の手伝い、店番を勘一さんと交代したりする日。

「大丈夫。デスクワークぐらい平気」

「無理しないでね。何かあったら呼んでね」

「うん」

こんなときには身体を温めるものが良いっていうので、いつもココアを飲んでる。牛乳たっぷりのミルクココア。勘一さんは甘いものは、あんことかけっこう好きなはずなのに、どうしてだか甘いココアだけはどうしても飲めないんだとか。

居間の座卓で帳簿付けや整理をしていると、りん、と鈴が鳴って「いらっしゃい」と勘一さんの声。

もうずっとそういうお店の音をこの居間で聞いていると、お店の木の床を歩く足音で男の人か女の人かわかるようになってくる。何人入ってきたかとかも。

この足音は男の人で一人。

しかもたぶん革靴の音。スニーカーじゃない。

「すみません」

やっぱり、大人の男の人の声。帳場にいる勘一さんのところに真っ直ぐに向かってきて話しかけているみたい。

「はいよ」

「こちらに、堀田秋実さんがいらっしゃると思うんですが」

私？

え、誰？ 誰が来た？ って慌てて腰を上げて店に出るとそこにはスーツ姿の若い男性。二十代から三十代ぐらいの若い人。

勘一さんも振り返って私を見て、知り合いかい？ って顔をしてる。

「はい、秋実は私ですけど」

男の人、パッと笑顔になって。

「秋実姉ちゃん」

秋実姉ちゃん？

そんなふうに呼ぶってことは、ハウスの子。

「え、ひょっとして、森夫くん？」

渡邉森夫くん。

「そう、森夫」

〈つつじの丘ハウス〉で一緒に育った、森夫くん！

「わー、びっくり！　森夫くん！　大きくなっちゃって！」

ぜんっぜんわからなかった。でも、思いっきり笑顔になるとあの頃の面影がはっきりとわかった。

すごいすごい、素敵な男性になっちゃって。

「森夫くんってひょっとしてこないだ施設に行ったときに、智子ちゃんが言ってた子かい」

勘一さんが笑顔で言って。

「そうなんです！」

「え、行ったの？　ハウスに」

「行ったの。ちょっと用事があってね。そうしたらトモちゃんが、森夫くんから電話があったって。私のことを訊いたんだって？　ここにいるかって」

うん、ってちょっと恥ずかしそうに微笑む。あ、そんな表情をしたら本当にあの頃の少年のままの顔。

い？

最後に見たのは、ちょうど今の紺ぐらいのときだったもんね。十何年ぶり？　十七年ぶりぐら

「秋実ちゃん、中に上がってもらえよ。積もる話もあんだろ。あ、それともあれかい？　何か古本で探しに来たものがあるのかい？」

「あ、いえ」

森夫くん、逡巡するように少しだけ表情が曇って。

「ちょっと話というか、相談したいことがあって。あ、でも古本の話でもあるんです。その、いろいろ面倒なことなんですけれど」

ものすごく決まり悪そうというか、迷っているというか、困っているというか。そんなような様子。

何か、あったのね。それでハウスにも電話して確かめたのね。私がここにいるかどうかを。

とにかく上がってもらって。ささっと座卓を片づけて。セリちゃんも気づいて来てくれて、若い男の子だからお茶よりコーヒーがいいかなってコーヒーメーカーで落として。

「秋実ちゃん身体、平気？」

「うん、大丈夫」

何か、思い掛けない訪問でとんでもなくびっくりしてアドレナリンが出て、体調が悪いのどこかへ行っちゃったみたい。後で反動がドン！　って来るかもしれないけど今のところは大丈夫。

古本に関しての話とか相談とか面倒なことって言っていたし、どこか剣呑そうな雰囲気もあっ

て、勘一さんがどれどれじゃあ一緒に話を聞こうかって。

代わりにセリちゃんが帳場に。座卓で向かい合って座る森夫くんと勘一さんにコーヒーを持っていって、さて、って私も座ったら。

「秋実姉ちゃん、本当にご無沙汰していました。施設ではいろいろお世話になったのに、卒園してからも社会に出ても、何の挨拶もお礼もしてこなくて、すみませんでした」

いやだ、何。ものすごく立派だけど。

「何言ってるのよ。そんなの何も関係ない。お互い、姉弟、親戚みたいなものじゃないの。そんな他人行儀なことやめて」

本当にやめて。元気なら、それで良かったじゃないの。森夫くん、苦笑いを浮かべて今度は勘一さんに向き直って。

「秋実姉ちゃんの、お義父さんですよね？」

「そう。ここの主の堀田勘一さんです」

「初めまして、渡邉森夫です。もうおわかりでしょうけど、秋実姉ちゃんとは〈つつじの丘ハウス〉でずっと一緒に育ちました」

うんうん、って勘一さん優しい笑顔で頷き、森夫くんを見ています。

「どういうご境遇だったかは聞いてませんが、見た通り、ご立派にお育ちになられましたな。若木さんなどに感謝しなければなりませんな」

「はい」

本当に、そう。私も一生感謝して生きていく。

「いくつになったんだっけ？　三十？」

「来年ね。まだ二十九歳」

「そっか」

落ちついて見えるね。私と同じぐらいって言っても通用するぐらい。

「それで、今はこんな仕事をしているんだ」

スーツから名刺入れを出して中から名刺を取り出して。その一連の淀(よど)みない動作がもう立派な会社員。勘一さんに渡して、私にも。確か、商社だったよね。

「ほぉ」

「へぇ」

名刺には総合商社〈丸五〉総務部秘書課社長秘書室　渡邉森夫。

「秘書室って、社長って、え、社長さんの秘書なの？」

「凄いじゃねぇか、その若さで社長付き秘書ってのはなぁ」

いいえ、って少し照れて。

「秘書はたくさんいます。その中のいちばん下っ端の若い社員っていうだけです」

「それでも大したもんだよ。大学も働きながら行ったって聞いたぜ」

「はい、何とか卒業できて」

そうして、〈丸五〉さんは、確か日本で十本の指に入る総合商社って言ってたよね。そういうところに就職できたっていうのは本当に凄い。森夫くんは学校の成績とか良かったものね。

「忙しいんだろう。今や日本の商社ってのは世界経済までも動かすって言われてるぐらいだからなぁ。もっとも、それだけ競争も激しいから大変なんだろうけどよ」

「そうですね。本当に忙しい毎日ですけど、充実してます」

うん、そうだよね。仕事があるってことは、いちばん良いことだよね。生きるってことは、働くってことなんだから。

「それで森夫くん。何か、古本のことで相談とかってことだったけど、何かあったの？」

うん、って下を向きながら頷いて。

「秋実姉ちゃん、美佐子（みさこ）を覚えてる？　僕より二つ下だった野又（のまた）美佐子」

美佐子ちゃん。

「もちろん！　覚えてるわよ。優しくて、そうスラッとして背が高い美佐子ちゃん」

何人かいた私より年下の女の子の中では、いちばん大人しかった女の子じゃなかったかな。

「目元がきりりと涼しくてね。そう！　背も高かったから、将来は宝塚（たからづか）の男役なんかが似合うって話してた」

「そうだね」

「美佐子ちゃんは、今はどうしているの？」

「それが」

顔を顰めます。

「え、まさか亡くなったとか」

「いや、違う。生きてる。たぶん、元気。卒園してからも、行き来はあったんだ。実は、付き合ってもいた」

「え、そうなの!?」

でも、付き合ってもいた、っていうことは。

「今は別れてしまったの?」

「僕はそんなつもりはまったくなかったんだけど、あるときから全然連絡が取れなくなって。もう終わりにしようって手紙もあって」

「手紙ね」

電話じゃなくて手紙とは、なかなか古風な。

「それが、半年ぐらい前。美佐子は横浜にいたんだ。そこで働いていて、僕は東京だったし仕事が忙しくてなかなか会いに行けなくて。行こうにも手紙には絶対に会いに来たりしないでって」

会いにも来るな。手紙で別れを告げて。

「そりゃあ、ちょいと穏やかじゃねぇ別れ方だな。余程のことがあったのか?」

「何もないんです! 少なくとも僕の方には何にもなかった。本当に突然で」

確かに、いきなりそれはちょっと困るわね。

「美佐子ちゃんに会ってきてほしいとか、かな? 相談って」

「いや違うよ。いい年してそんなの人頼みになんかしない」

辛そうな、苦しそうな表情。

「ものすごく悩んだんだ。自分一人で解決できればそれがいちばんなんだけど、どう考えても何も上手く行きそうになくて。古書店にいる秋実姉ちゃんに相談できれば、何か、少しでも突破口が見出せるかなって。迷惑を掛けてしまうことになるんだけど」

唇を噛んで、下を向いて。

うん、さっぱりわけはわからないけれども、とても誠実に悩んで悩み抜いて訪ねてきてくれたってことは、わかる。

「聞かせて。何があったのか。私に何ができるのかわからないけど」

ありがとう、って小さく頷いて。

「四日前に、また手紙が来たんだ。美佐子から」

鞄から、封筒を取り出した。とてもシンプルな白い封筒。

「説明するより、読んでもらった方が早いと思う。そして、ここに来た理由も理解してもらえると思うんだ」

封筒を、座卓の上を滑らせて私の方へ。

「読んでいいのね？」

「俺もいいんだな？　一緒に」

「はい」

少し厚みがある。長い手紙なのかも。


森夫くん。

また突然の手紙でごめんなさい。一方的に別れを告げておいて怒ってると思うけれど本当にごめんなさい。

最初から説明します。

別れるって言った理由も一緒に。

私が働いているアンティーク輸入販売〈サルーザ〉は知ってますね。森夫くんは来たことはなかったけれど、そこがアンティーク販売店舗兼喫茶室となっている店で、私がそこの店員をしていたことも。

でも、私は、泥棒になってしまいました。


「泥棒？」

思わず勘一さんと顔を見合わせちゃった。

「なんだそりゃ」


もう半年以上も前です。

〈サルーザ〉の保田（やすだ）社長に、申し訳ないが臨時の家政婦としてあるお宅へ派遣でしばらく行ってもらえないかと言われました。

そこはお得意様の家だったそうです。

私はそもそも〈サルーザ〉の店員兼ウェイトレスだけど、家政婦的な仕事も兼業だった。

それというのも〈サルーザ〉の店舗は、二階が社長の自宅と社員の寮のようなものでもあったので、そこの掃除や食事などの支度も仕事のひとつだったから。私もそこに住んでいるよね。

面白かった。アンティークの勉強もできるし、将来買い付けで海外へ行くときのための英語やフランス語も学べた。実際、保田社長は英語もフランス語もイタリア語も自由自在で、本当に凄い人だったの。

料理も好きだったので、喫茶室のメニューを考えるのも任されて作るのも楽しかった。毎日のご飯作りだって、勉強のひとつとしてフランス料理やイタリア料理、各国の料理文化を研究して作るのも、すごく楽しかった。

自分の好きなことを全部学べたので、こんないいところに就職できて良かったって。

森夫くんにも、そう話していたよね。

でも、違った。

私が臨時の家政婦として派遣で行ったお宅に泥棒が入った。

その泥棒は、保田社長たち〈サルーザ〉の人。

私は、そのお宅で家政婦をして掃除して家の中を全部調べて、どこに何があるかを報告する係になってしまっていたの。


「勘一さん、これって」

「引き込みか！」

もちろん、私はそんなことをするつもりで調べたわけじゃない。何も知らなかった。

でも、家中の掃除をしていれば間取りも、どこに何があるかも、家の人がどういうスケジュールで動いているかも、いろんなことが全部わかってくる。それを何もかも、それとは知らずに保田社長に教えていたの。

変だな、と、気づいたけれど、遅かった。

そのお宅から、高価な古書などが盗まれてしまった。

社長たちはとぼけるだけ。そもそも盗みは現行犯。窃盗の証拠がなければ、どうしようもない。

警察に行こうと思ったけれど、本当に証拠も何もない。

盗んだものは、きっとすぐにどこかへ売ってしまったんだと思う。

だって、輸入販売が本業なんだから、売るのはお手の物。だから、残っている事実は、ただ私が盗難にあった家で家政婦として働いていたことだけ。逮捕されるとしたら、ひょっとしたら私だけ。

結局まだ私は逮捕はされていない。警察がうちに来たこともない。余程、保田社長たちは綿密な計画の下にやっていたんだと思う。

ここにいれば、守ってやるって保田社長は言ったの。でも、もしも逃げたら、〈つつじの丘ハウス〉の皆に迷惑が掛かるかもしれないぞって。私のことは全部わかっているからって。

ごめんなさい。

だから、別れたの。

森夫くんに迷惑は掛けられない。

でも、とんでもないことがわかった。

また臨時の家政婦として働きに行く家があるの。来週の水曜日のお昼から。そこは、本当にとんでもない偶然なんだけど、本当に偶然なんだけど、森夫くんの勤める会社〈丸五〉の社長の家。

きっと、保田社長たちはそこに盗みに入る。

やっぱり古書だって言ってた。ものすごい値打ちのある古書。それが〈丸五〉の社長の家にある。もう私が何もかもわかっているから、そうやって教えてくれた。

知ってる？〈丸五〉の社長さんが、どんな高い本を持っているのか。

もしも、森夫くんがそれを知ってるなら、その本をどこかへ隠して。すぐにでも、隠して。隠してくれれば、私はそれが家のどこにあるかを報告できない。ありません、わかりません、って言うしかないし、それしか言えない。そうなれば、盗みに入ることもできないし、そもそもなければ盗まれない。

〈丸五〉の社長さんに全部言ってもいいけど、どうすればいいのか私にはよくわからない。どういう手段を使って、保田社長が私を臨時家政婦としてそこに送り込むことができるのか。ひょっとしたら、たくさんの人に迷惑を掛けちゃうかもしれない。ハウスの皆にも。

ごめんなさい。

私には、どこかうちの社長たちの手の届かないところに本を持っていって隠してってお願いすることしかできない。ごめんなさい。そうすれば、間違いなく盗みに入ることはないんだから。

秋実姉ちゃんのことが頭に浮かんだの。古書店にお嫁さんに行った秋実姉ちゃん。

もしも、今もいるなら、古書をどこに隠せばいいかとか、隠し方とか、そういうのがわかるのかなって思ったけれど、でも、秋実姉ちゃんにまで迷惑を掛けるかもしれない。

ごめんなさい。

本当にどうすればいいかわからないけど、森夫くんに伝えないと絶対に後悔するから。

連絡は何もしてこないでください。私も店の二階に、寮に住んでいるからこの手紙を出すのも、バレないように必死で隠して出すの。

絶対に、こっちにも来ないで。

お願いします。

何とかして、〈丸五〉の社長さんの家にある古書をどこか違う場所に隠してください。そうすれば、盗みは行われない。

森夫くんにも迷惑を掛けないで済むから。

ごめんね。

お願い。


読み終わっても、言葉が出てこなかった。

勘一さんも深く深く溜息(ためいき)をついて、腕組みをして考え込んで。

「とんでもねぇ話だなこいつは」

本当にとんでもないけれども、でもこれって。

「ひょっとしたら月島刑事さんの言っていた窃盗団って、この」

勘一さんが、あぁ、って頷いて。

「このアンティーク輸入販売〈サルーザ〉ってのが、〈窃盗団五号〉てぇ可能性もあるわな。むしろ手口からしてもこいつらが本命なんじゃねぇかって気になってくるぜ。しかしとんでもねぇタイミングで舞い込んで来やがったな」

本当に。

美佐子ちゃん。可哀相に。涙さえ滲んでいるんじゃないかって思えるような、切実な思いの籠った手紙。

「森夫くんよ」

「はい」

「まず、ひとつひとつ確認させてくれや。〈丸五〉の社長さんが、その高価な古書を持ってるってのは確かなのかい」

頷きます。

「間違いないです。うちの社長は、古美術のコレクターです。古書もかなり好きで集めています。主に海外のものですけど」

「まぁ商社の社長さんだものな。その手のものの入手法とか情報とか、そんなものはお手の物だろうさな」

そうですよね。むしろうちと同じで仕入れることに関してはプロと考えていいですよね。

「まさかよ、その高い古書の中に『フィッツ・ウイッチ・ストーリー』ってのがあったりするかい？　そういうことまで秘書さんは把握してねぇか」

森夫くんが、ちょっと首を傾げて。

「そんなような書名を聞いたような気がします。確認しないとはっきりとはしませんけれど、オークションで手に入れたんじゃないかと」

「やっぱり、そうかい」

むぅ、と勘一さん唇を歪（ゆが）めます。

「全部が、ここで繋がっちゃいましたね」

「まったくだ」

オークションでエドワード・キンクスの『フィッツ・ウイッチ・ストーリー』を手に入れた日本人というのは、〈丸五〉の社長さんだったんだ。

「社長さんのお名前は？　何ていう方なの」

「あ、楢崎俊憲（ならざきとしのり）です」

「ならざきとしのりさん」

メモ帳を取り出して、こういう字ですって〈楢崎俊憲〉って書いて。

森夫くんきれいな字を書くのね。そしてなかなかというかかなり画数の多いお名前ね楢崎社長さん。子供の頃は覚えるのに苦労したかも。

森夫くんの渡邉っていう字も、あの頃は覚えるのに苦労したけど。森夫くん、面倒くさがって簡単な渡辺って字を使っていたっけ。

「年齢は？」

「五十七歳、です」

勘一さんとほぼ同年代ですね。

「もちろん、自宅はわかってんだよな?」

「知ってます。田園調布にあります。車でお迎えに行ったことも、中へちょっとお邪魔したこともあります」

「豪邸かい」

ちょっと首を傾げました。

「敷地はそれなりにあります。ほとんど平屋なので、そんなに豪邸というほどではないですけど、広いです。古い歴史のありそうな家で、〈東京バンドワゴン〉さんみたいに由緒正しい日本家屋の雰囲気があります」

「そうかい」

どうしましょうか。

美佐子ちゃん。

「まずよ、森夫くんな」

「はい」

「お前さんが考えに考えて、迷いに迷ってここに来たってのはわかった。それで、だ。美佐子ちゃんのこの手紙は、本物だってのはわかるかい。間違いなく美佐子ちゃんの字だってのは」

「わかります。これは美佐子の字です。小さい頃からずっと一緒にいるので、彼女の字だってよくわかってますし、手紙のやり取りは以前からけっこうしているので間違いありません」

「そうかい、ひょっとして他の手紙も持ってきてるとかはないかい」

「あります！　あの、別れを書いてきた手紙ですけど、説明するときにひょっとしたら必要になるかと思って」

うん、さすが社長秘書に若くしてなるような男の子。気が回るわね。

「ちょいと見せてくれや。同じ字かどうかを確認するだけだからよ」

森夫くんがまた鞄から同じような封筒を出してきて、中の便箋を広げます。勘一さんが二つの手紙をじっくりと見比べて。

「そうだな、間違いねぇな。二つとも同じ人が書いたものだ。まず、手紙はその野又美佐子ちゃんが書いたもので間違いねぇってことだ。そして内容も、文体からして誰かに言われて書かされたような感じじゃあねぇな。確かじゃねぇが」

「それは、美佐子が嘘を書いているってことも考えられるってことですか？」

「可能性の話だな。どういう考えでそんなことするかはまったくわからねぇが、その〈サルーザ〉って連中が美佐子ちゃんを通じて森夫くんを騙して、しかも秋実ちゃんまで巻き込んで何かを企んでる、ってぇ可能性がないわけじゃあないってのは、考えればわかるよな」

「確かに」

何でそんなことをするのかは見当もつかないけれども。可能性としてはあるかも。

「だが、手紙が間違いなく美佐子ちゃんの書いたものって確かめられて、内容も真実を語っているとすりゃあ」

勘一さん、思いっきり顔を顰めます。

「美佐子ちゃんの苦悩がわかりすぎて、胸が痛くなるな」

本当に。

「美佐子ちゃんがここに、〈サルーザ〉ってところに就職したのはいつなの？」

「二年ぐらい前です。それまでは横浜の小さな洋品店で働いていて。あいつは洋服の専門学校に行ったんだ。それで」

「そうか、美佐子ちゃんは横浜の生まれだったものね」

そうだった。親はどこかへ行ってしまったけど、生まれたのは横浜。それはちゃんとわかってるんだった。それで横浜を選んで就職したのかな。

「二年前で、最初に気づいたのは半年前か。それまではわからなかったんだなそういうものに」

「絶対に美佐子は気づいていなかったんです。自分が泥棒の片棒を担がされていたなんて。それはもう」

「わかるわ森夫くん」

そんなことできる子じゃない。

「けれども、気づいちまった。警察に行こうにも証拠は何もねぇ、逃げ出そうにも自分の身元は全部知られてる。誰にどんな迷惑が掛かるかわからない。まさしく八方塞がりってもんだ。仕方なく、生きるために仕事だけは続けているってな」

「窃盗って、現行犯じゃないと捕まえられないんですか？」

本の万引きも窃盗。私はまだ見つけたことないけれど、うちの店でも万引きされたんじゃないかっていうのはある。

「基本はそうだって話だな。ただ、後からでもしっかりした証拠が出てくれればもちろん逮捕されるさ。指紋とかそういうのな」

ですよね。そうじゃないと困る。

「これ、あれですよね」

アンティーク輸入販売〈サルーザ〉とかいうところ。

「一応、その喫茶室と販売店含めて、商売自体はちゃんとやっているんでしょうね。隠れ蓑としてやっているっていう感じなんでしょうきっと。だから、そこのところは美佐子ちゃん絶望しないで、仕事としては今もやって来られてるんじゃないかしら」

「そう思いました。この手紙を読んで真っ先に美佐子が逃げ出して自殺でもするんじゃないかって思ったんですけど、仕事自体は本当に楽しそうにやっていたんです。将来は自分でアンティークショップを開きたいって、洋服が好きなのでアンティークの洋服を揃えたりして」

「するってぇと、森夫くんの今の商売も生きるってもんだよな」

「そうなんです！」

森夫くんの笑顔が輝いて。

「そういう話をしていました。僕が商社の知識と経験を持てば、いつか一緒にって」

そう言って、でもすぐに表情が曇って肩を落として。

「まぁ、あれだ」

勘一さんが優しい声で言います。

「手紙で知る状況だけ考えれば、美佐子ちゃんは利用されただけよ。身寄りがねぇ孤児ってのも、ひょっとしたら向こうにとっちゃ利用するのに好条件で雇ったのかも知れねぇな」

あり得ると思う。

「けれどよ、仮にだ、仮に警察に捕まったとしても美佐子ちゃんは大した罪にはならねぇだろうし、そもそも捕まることもないかもしれねぇ。何もしてねぇんだからな。だからそう落ち込むな」

はい、って森夫くんが頷いて。

「あの、その手紙にあるように、僕が楢崎社長に何もかも告げて、古書をどこかに保管するとしたらやはり銀行の貸金庫とかそういうところがベストでしょうか。古書の保存状態も考えると」

うむ、って勘一さんが頭を捻ります。

「まぁ生ものじゃねぇんだから、ちょっとの間どこかに置いとくのは、全然どこでも構わねぇさ。銀行の貸金庫も警備に関しちゃ何の問題もねぇだろうが、余りにも長いこと置いとくのは、それこそ湿気とか逆に乾き過ぎて古書の状態が悪くなっちまうことも考えられるがな」

「そうですよね」

「美佐子ちゃんの考え方は、真っ当なもんだ。自分はどうにもできない。警察に行っても何の証拠もないし今現在は事件にもなっていないんだから動きようがねぇ。むしろ警察に言ったことがバレたらどうなるかわからない。だから、せめて狙われている古書をどこかに移動してくれと。そうすれば森夫くんにも誰にも迷惑を掛けないで済むっていうのは、確かにその通りだ。盗むものがねぇんじゃぁ、泥棒さんも何にもできねぇさ」

「勘一さん」

これは、あれです。

「うちに持ってくるのは、拙(まず)いですか」

「うちにか」

古書を、〈東京バンドワゴン〉に。

私たちは、犯罪が行われそうなのを知ってしまった。このまま見て見ぬふりなんか絶対にできない。

ましてや美佐子ちゃんが。

あの子を、あんないい子が窮地に陥っているのを、黙って見ていられるはずがない。助けてあげなきゃ。

「木を隠すなら森の中、古本隠すなら古本屋か」

その通りです。

「楢崎社長に頼んで、『フィッツ・ウイッチ・ストーリー』を、何だったらその他の貴重な古書も全部うちに運んで、そしてそれを美佐子ちゃんから〈サルーザ〉にそう報告させれば」

「奴らが古書を奪いに来るのは、うちってか。そしてうちに盗みに入ったら、そこで一網打尽にしちまえばいいっていう話か」

「そうです！　うちが『フィッツ・ウイッチ・ストーリー』を買い取ったとか、それがちょっと大げさ過ぎるなら、何らかの形でしばらく預かるっていう契約をしたとかで持ち出せば、対外的にも何の問題もないですよね！」

なんか、どこかの小説で読んだような気がしますけど。

「犯人を捕まえるとかはともかくも、今のところの最善策はとにかく楢崎社長の自宅にある古書を移動することですよね。そしてどこに移動されたかをはっきりと〈サルーザ〉にわからせれば、少なくとも栖崎社長の自宅での犯罪はなくなります。森夫くんも、美佐子ちゃんも助かるんです」

勘一さん、唇を歪めます。

「犯人として捕まえる云々は、あの刑事さん、月島刑事さんに相談してみりゃあいいとして、だ」

そうですよね。相談しないといざ事件が起こってしまったら、怒られますよね。

「その前にあれだ。古本を移動するにしても、そいつをどうやって栖崎社長に納得させるかだ。この手紙の内容を全部話すしか手段はねぇが、そうしちまったら、それこそ森夫くんの立場も怪しくなるんじゃねぇのか」

「それは」

うん、どうしたらいいか。

「森夫くん、栖崎社長さんは、森夫くんのことをもちろん知ってるのよね？　その、経歴みたいなものも。孤児で施設で育ったとかも」

森夫くん、小さく頷きます。

「普通はただの社員の経歴まで全部把握することはほとんどないけど、僕の場合は社長と行動を共にすることも多いので、全部わかってます。そういう話を直接したこともある。親がどこの誰だかもわからないならうちの調査室を使って調べてみるかとか、優しい言葉を掛けてくれたこともある」

そういう人なのね。それなら。

「美佐子ちゃんが家政婦として社長の家に入るっていうのは、秘書として把握しているの？」

「いや、それは社長個人のことなので会社としてはまったく。でも、手紙を読んで室長に、あ、秘書室のいちばん偉い人にそれとなく訊いたら、そんな話があるみたいだなって。どうも奥様の方が手配したみたい。家の掃除とかじゃなくて、社長のコレクションの掃除も含めて」

「コレクションの掃除か」

「これは僕の想像だけど、コレクションルームみたいなものがあるんじゃないかって。そこを掃除するのは、うっかり壊したり破損したりするのが嫌で奥様にも掃除させてないとか」

あ、そういうことなら。

「骨董品を専門に扱っていてなおかつ家政婦として掃除もできるから、ってことね？　それで依頼したのか営業したのかわからないけど、上手いこと美佐子ちゃんを派遣する手配になったってこと？」

「なるほど。上手い手だな。今までもそういうことで仕事してやがったのかなこいつら〈サルーザ〉は」

それっぽいですね。

「森夫くんは、楢崎社長に直接連絡を取れるの？　今日はお休みだから家にいるんだろうから、家に電話するとか」

「もちろん、家の電話番号はわかってる」

「ああいうのはないの？　ほら自動車電話とか。一流企業の社長さんならもう持ってるとか」

「それはまだ社長も持ってない」

「そうか、じゃあやっぱり直接家に電話してお話しするしかないわね。でも、今話をしに行っても早過ぎるのか」

「早過ぎる?」

「いろいろな準備ってものができないし、何よりもこの話を知る人が増えちゃって、時間だけが過ぎるのはいちばん拙いことでしょう?」

どんなトラブルだろうと、機密漏洩っていうのがいちばん拙いこと。謀は密なるを以てよしとする。

「あ、でも今社長に話して、美佐子が臨時の家政婦として自宅に入るのをキャンセルすることができれば」

うん、それも確かにひとつの手だとは思うけど。

「そりゃあ、悪手だな」

勘一さんが、首を横に振ります。

「悪手ですか」

「『フィッツ・ウイッチ・ストーリー』が楢崎社長の家にあるのを向こうはわかってんだ。家政婦として潜り込めないんだったら、他にどんな手を使ってくるかわからねぇ。今のところそいつらは強盗のような強引なことはやってねぇみたいだが、そのまま放っておいたら社長宅がどうなるかわからねぇだろう」

確かに、って森夫くんも顔を顰めて。

そうよね。とりあえず美佐子ちゃんがまた片棒を担ぐのは防げるけれども、それだけになっちゃう。

「だから、えっと、今社長のスケジュールってわかるの？　今後一週間ぐらいの」

森夫くんが、内ポケットから手帳を取り出しながら、わかるよって。

「今日は休日なので、何もなければ家にいる。もちろん家でのスケジュールまではわからないけれど」

「水曜日は？　美佐子ちゃんが家政婦として家に入るその日は？　何か重要な会議とか出張とかそういうものはある？」

「えーと」

手帳を捲って確かめて。

「いや、会議はあるし打ち合わせもあるけれど、出張みたいなものはないし夜の会食もない。大体は会社にいるスケジュールだね」

「じゃあ、美佐子ちゃんが家に入ったお昼の時点で、楢崎社長さんも自宅に帰ったりできない？」

「家に？」

手帳をじっと見て、口に手を当てていろいろ考えて。

「お昼ご飯としてなら。午後一時過ぎから三時までなら昼食時間として、自由に動けると思う。その時間に自宅に戻るのは、可能と言えば可能かな」

「つまり？　その時間に楢崎社長に自宅に帰って来てもらって、美佐子ちゃんと対面させて、何もかも話して本を移動させてもらうってことかい？　秋実ちゃん」

「そうです」

そして、私が行きます。

「〈東京バンドワゴン〉の代表として、交渉に行くんです。本を預からせて貰えないかって」

「交渉」

「そういう形を採ります、ってことにしないとならないでしょ？　そうしないと、美佐子ちゃんも〈サルーザ〉に報告できない」

私が行って、そういう形を採れば、堂々と美佐子ちゃんは報告できる。

「古書は、もう楢崎家にはありません。東京の古書店〈東京バンドワゴン〉が持って行きましたって。ほら、その時点でもう奴らの計画は終わり。今度は私たちがターゲットになる」

うん、って勘一さんも頷いてくれた。

「それが、いちばんだろうな。何もかも正直に全部話す。それ以上の好手はねぇやな。後は、誠心誠意楢崎社長にお願いして、美佐子ちゃんの罪に、まぁ楢崎家ではその時点では何にもしてねぇが、わかっていて家に入り込んだことは不問にしてもらうってな。もちろん森夫くんがそいつに関係しちまったってことも」

「ですよね。それしかないと思う」

「でも、もしも向こうに、秋実姉ちゃんが僕らと同じハウスの出身だってわかったら、そんな計画も向こうに丸分かりになっちゃうんじゃ」

それは。

「きっと大丈夫よ。ＣＩＡでもあるまいし〈サルーザ〉とやらにそんな情報収集能力なんてないわよ。美佐子ちゃんが施設の出身ってことを知ってるだけ。美佐子ちゃんの恋人だった森夫くんが同じ施設育ちでしかもターゲットの〈丸五〉の社長秘書ってことも知らなかったってことでしょ？」

「それは、たぶんそうだと」

「そういうこったな。知っていたらもっと上手くやったはずだ」

「全然平気よ。それに、手紙によるとバラしたら育った施設の人たちにもどんなことが起こるかわからんぞって脅してるのよね美佐子ちゃんを」

「そう書いてあるね」

「それもとんだヘボ連中だっていう証拠よ。何にも調べちゃいない。〈つつじの丘ハウス〉には中島さんがいるのよ？」

「中島さん？」

きょとん、ってする。

「中島さんがどうして？」

あ、そうか。

「森夫くんたちは、知らないのか」

中島さんが実はどんな人で、どんな経緯で〈つつじの丘ハウス〉に入ってきたかは。私は知っていたけど、そういえば皆には内緒にってあのときにママ先生と話したっけ。そんなのは子供たちには関係ないことだからって。

「後でゆっくり話すけど、とにかく中島さんがいればハウスの方は大丈夫。それは私がちゃんと中島さんに知らせてお願いしておくから。ですよね？　勘一さん」

にやりと笑います。

「まぁそうだろうな。こんなチンケな泥棒連中が束になったって、中島さんに敵わきゃあねぇな。いざとなりゃ昔取った杵柄となんだかんだのコネクションでどうにでもなるだろうよ」

「むしろ泥棒の皆さんは〈東京バンドワゴン〉のことは知っているはず。知らなきゃモグリですよね？　勘一さん」

苦笑い。

「てめぇで言うのは口はばったいがな。泥棒とはいえ古美術を扱って古書も扱っている輸入業者がうちの名を知らねぇって言うなら、そりゃあモグリかチンピラかってとこだな」

森夫くんが頷いて。

「確かに。僕もこの会社に入ってから、〈東京バンドワゴン〉さんの名は聞くようになりました。あ、そこは秋実姉ちゃんがお嫁に行ったところだって」

「そうでしょ？」

だから、間違いなく向こうはいろいろ納得するはず。

「古書を持って行ったのは、古本屋〈東京バンドワゴン〉だって美佐子ちゃんが報告すればね」

「後は、〈丸五〉の楢崎社長が善人で話の分かる男だってところに期待するしかねぇが、そういうことならよ秋実ちゃん。秋実ちゃんだけじゃなくて、森夫くんももちろん、俺も一緒に行った方がいいだろう。楢崎社長に対する説得力が違わぁ」

それはもちろんですけど。

「栢崎社長だってそれほどのコレクターならうちのことは知ってんだろ。店主と嫁と自分ところの秘書が頭下げて頼むんだ。なんとかなるだろ」

「もちろんです。僕も、行きます。そもそもが僕と美佐子の問題なんですから」

うん。そうね。

「済みませんが、勘一さん、お願いできますか？」

私の、ここに来る前の大事な家族のために。

「任しとけ。秋実ちゃんがさっさと自分が行くって言っちまったからあれだけどよ。最初から俺ぁ腹ぁ立ててんだ。古書を喰いものにする泥棒連中だぞ？　警察なんかいらねぇから俺がこの手でぶっ潰してもいいぐらいだってな」

ありがとうございます、って森夫くんが頭を下げて。

「堀田さん。秋実姉ちゃん、本当にありがたいお申し出なんですけど」

「迷惑掛けるから自分一人でやるとか言うなよ。もうかかわっちまったし、秋実ちゃんも言ったよな。森夫くんも美佐子ちゃんも秋実ちゃんの家族だった人たちだ。その家族を救おうってんだからよ、今、秋実ちゃんと家族になっている俺らが助けねぇでどうするんだって話さ」

「ありがとうございます。あの、でも、栢崎社長のところに行って、説得できて受け入れてもらえて、古書を〈東京バンドワゴン〉さんに運んだとしますよね」

「おう」

「確かにそれで美佐子は一旦は救えますが、その後泥棒たちが動かなかったら、どうしましょうか。〈東京バンドワゴン〉さんは古書をそのままずっと保管しておいても何の問題もないかもしれませんが、そのままずっと泥棒たちが来ないことも」

それは。

「確かにそうね」

待てど暮らせど一向に奴らが〈東京バンドワゴン〉に盗みに来ないってことも、充分考えられるから。

「そうなると、美佐子はずっとそのまま〈サルーザ〉で働くことになってしまって、また別の人が狙われるって」

確かに。

「そうなってしまったら、元も子もないわね」

勘一さんが、うむ、って頷いて。

「そりゃあ、あれだ。こっちから仕掛けてやらんと奴らも動けないだろうよ」

仕掛けるって。

「何をするんですか」

「もしも〈サルーザ〉ってのが、俺らのところにも情報が来てる窃盗団だとしたら、奴らは今まで個人宅しか仕事をしてねぇんだ。店舗からは盗んでいねぇ。おそらくは、今回みたいに個人宅に家政婦として入って調べてから、てぇ寸法なんだろうよ」

「さすがに商店に家政婦派遣は無理がありますもんね」

「だから、うちに運んじまったらそのままになるってことも充分考えられる。ってことはよ、〈東京バンドワゴン〉が美佐子ちゃんをスカウトしてやりゃあいいだろうさ」

「スカウト」

え？　それは。

「美佐子ちゃんに、家政婦さんとしてうちに来てもらうってことですか？」

「骨董品や古書の扱いにも詳しい家政婦さんってんなら、うちにもうってつけの人材ってもんだ。そうだな、セリちゃんなりサチなり、怪我でも病気でもして女手が足りねぇので、しばらくの間うちに来てくれねぇかって頼むのよ。ついでに、そうだな、蔵の改装をしているので、そっちの手伝いも頼むとでもすれば、ますます泥棒連中なら、それはチャンスだって思うだろうよ」

ナイスです。

「でも、皆さんが危ない目に」

森夫くんが心配そうな顔をするけど。

「大丈夫だ。うちはな、こんなこととなんか屁とも思わねぇぐらいに危ねぇ橋を何度も渡ってきた古本屋なんだよ」

その通りかも。

「とはいえ、皆に相談して、いろいろと仕込んでおかなきゃならねぇけどな。まぁ人手は充分いるから安心してくれ」

また〈LOVE TIMER〉の皆さんにも協力してもらったりして。

「とりあえずは、水曜日ですよね」

そこをクリアしなきゃ、話にならない。

「そして、その美佐子ちゃんをうちに呼び寄せるってとこな。そこまで行けば、後はなんとかなるだろうよ」

*

お昼ご飯。人が少ない今日は拓郎さんとセリちゃんと勘一さんと私だけ。

勘一さんのリクエストで焼きそばを。

焼きそばには何故か目玉焼きを載せるのが堀田家では定番になっているの。お豆腐が中途半端に残っていたので、それに野菜をたくさん入れて鰹節（かつおぶし）と刻み海苔（のり）をかけた豆腐サラダに、簡単に中華風卵スープ。卵がダブっちゃうけど、勘一さんも拓郎さんも卵大好きだし、私とセリちゃんは目玉焼きを載せないからそれでオッケー。

まずは、拓郎さんとセリちゃんに、森夫くんの話を。手紙も預かっているので、それを読んでもらって。

拓郎さんもセリちゃんも読んでいるうちにどんどん顔が険しくなっていって、そうして美佐子ちゃんを助けるために、古書をうちに持ってくるっていう計画の話をして。

「こりゃあ、とんでもないことになりましたね」

「うわ、鳥肌立っちゃった。凄い話をここでしていたのね。秋実ちゃん本当に大丈夫だった？身体」

「もう、なんかいろいろで吹っ飛んじゃった」

怠（だる）さはあるけれども、そんなこと言ってられない。

しかしなるほど、って拓郎さんが。

「確かにそれが最善手ですね親父さん。盗まれる前にうちに持ってきて、その子も来てもらうっていうのは」

「だろう？　まぁ最初に言い出したのは秋実ちゃんだけどな。それで盗みにやってきた泥棒たちをふん縛るってな」

拓郎さんとセリちゃんが、ちょっと目をわざと大きくさせて驚くような顔をして。

「まぁ驚かないけどね」

「そうよね。秋実ちゃんだもん」

それはどういう意味合いで。

「衝撃だったものね。初めてここに来たときのこと。ヤクザを二、三人半殺しにして危ないところを我南人さんに助けてもらったって」

「年を追うごとにその話大きくなってますよね」

半殺しになんかしてません。ちょっと蹴ったり殴ったりしただけです。

「しかし、そうなると」

焼きそばの最後の一口を口に運んでから拓郎さん。

「いつ泥棒がやってくるかっていうのが最大の問題ですね」

「それに、その、えーと美佐子ちゃん？　横浜とここを往復させるんですか？」

「そりゃ無理があるだろ。住み込みでやってもらうさ。そうしないといつバレるかって考えたら危なくってしょうがねぇ。何だったらそのままうちで雇わせてもらうって話を付けるさ」

「え、雇うんですか？」

それは全然話していませんでしたけど。

「まぁサチたちが帰ってきてから皆でもう一度話すし、何よりも水曜日に本人と話してからの結論になるけどよ。〈サルーザ〉の連中に怪しまれちゃあどうしようもねぇんだ。だから、美佐子ちゃんの身柄をきっちりこっちで確保する、ってのが最大の目的って言ってもいいな」

「向こうが素直に〈東京バンドワゴン〉に臨時の住み込み家政婦として、派遣してくれるように仕向けることが第一、ですね？」

セリちゃんがお箸をひょいと動かしながら。

「そういうこったな。秋実ちゃんが美佐子ちゃんと同じ施設の出身、ってのを利用するってのもあるが、そりゃあひょっとしたら悪手になるかもしれねぇから、考えもんだな」

拓郎さんがスープをぐいっと飲みながら頷いて。

「本当に偶然、水曜日にその〈丸五〉の楢崎社長の家でバッタリ出会したってのを演出したとしても、なんだその偶然はって警戒されちゃったらお終いですね」

「そういうこったな。必要なら、いったんは横浜の泥棒連中のところに帰らなきゃならねぇ美佐子ちゃんに誰かを付けることも考えなきゃと思うが、まぁそれは後でだ。皆で話して間違いっこねぇ策を考えようや」

その通りです。

三時を回った頃に、上野動物園に行っていた我南人さんたちが帰ってきました。何故か裏玄関からじゃなくて、古本屋の入口から。

「ただいま！」

「おう、お帰り」

まだ元気一杯に笑顔の青。楽しかったみたいね。たたっと走って店を駆け抜けて、居間に上がってきて。

「おかさん、だいじょうぶ？」

「大丈夫よ。元気元気」

藍子と紺も。何かいろいろ買ってきた？

「あら」

誰か他にも作業着姿の大きな人が入ってきたと思ったら、新さん。

「そこでばったり会ったんだよぉ。うちに来るところだったんだってぇ」

それでそのまま古本屋から入ってきたのね。

我南人さんの幼馴染み。〈篠原建設〉さんの一人息子で、柔道でオリンピック候補にもなったことがある新一郎さん。立派な体格といかつい顔をしているんだけど、すごく優しくて子供好きで、まだ藍子と紺が小さい頃にはツアーで留守ばっかりしている我南人さんの代わりに、二人を遊園地とかに連れて行ってくれたこともあった。

「青、ちゃんと靴を玄関に持っていって」

「はーい」

「藍子、青に手洗いとうがいね」

「はーい。お土産置いておくね。お菓子買ってきた」

ありがと。

「秋実ちゃん、起きてて大丈夫なの？」

「大丈夫です。いろいろあって元気になりました」

サチさん、そうなった理由は後ほどお話を。

「親父さん、お久しぶりです」

「おう、新の字。元気そうだな」

「こないだのぉ、アパートの件だってさぁ」

例の〈トマトアパート〉。やっぱり〈篠原建設〉さんに訊いてみたんだ。

「そうかい、じゃあ中で聞こうか」

「新ちゃんコーヒーにしましょうか。お菓子買ってきたから食べてって」

「あぁすみませんサチさん。ごちそうさまです」

そして青には聞かせられないから、と思ったら青はもう蔵の中に入っていったみたい。拓郎さんと話す声が聞こえてくる。

本当に『不一魔女物語』が大好きになっているみたいね。ずっと読んでいるんだもん。藍子と紺も部屋に荷物を置いて、藍子は着替えてきたみたい。

「それで、こないだ頼まれた件ですけどいいんですよね？　藍子ちゃん紺ちゃんがいても」

「おう、大丈夫だ」

「僕たちが調べたんだから」

そうか、って新さんが頷いて。

「その〈トマトアパート〉の件ですけどね」

「うん、誰かわかったぁ？」

新さん、ちょっと苦い表情を見せて。

「本当にこれは内緒ですよ。どこかにバレちまったら、うちも不動産屋もちょっとマズイことになるんで」

「わかってるよ。心配すんな。どこにもバレはしねぇ」

「でもぉ、誰が住んでるかなんてぇ、町内会長さんなら知ってるよねぇぇ」

そりゃあね、って新さん頷きます。

「けれども細かい身上書みたいなものはわかんないだろ？　がなっちゃん。そういうのを調べていいのは探偵と警察ぐらいなんだよ」

「まぁ、そうかもねぇぇ」

確かにそうですよね。

「すまねぇな面倒くせぇこと頼んで」

「いや、まぁ賃貸契約書をちょっと見るだけだったんですけどね。そんな大層なことじゃあないんですが。でもがなっちゃん、メモはしないでよ。このメモもすぐにビリビリに破いて捨てるからね。読むから頭で覚えてよ」

「いいよぉ、記憶力はいいからねぇ」

「何だったらこの灰皿の上で焼いてもいいわよ新ちゃん」

サチさんが言って笑います。

それはなんかのスパイ映画ですよね。

「さすがにそこまではしませんよ。いいですかね？　まず名前は川島智美（かわしまともみ）。普通のさんぼんがわの川島さんに、上智大学の智に美しい」

「うん、川島智美さんな」

藍子と紺が顔を見合わせて、お互いに首を横に振る。知らないわよねあなたたちが大人の女の人なんて。サチさんも、私とお互いに頷き合って。知りませんね。

「年齢は三十五歳です。そして職業は看護婦。前の住所は足立区（あだち）の青井（あおい）の〇〇〇、わかるのはそこまでですね。さすがにそれ以上の情報はわかりませんでしたよ」

「それだけわかりゃあ、充分だ」

「ありがとねぇ、新ちゃん」

看護婦さんだったんですか。

「名前わかっても、知らねぇ人だろ？」

勘一さんが言うと、我南人さんも頷きます。

「聞いたことのない名前だねぇ。看護婦さんぅ？」

「そう書いてあった。もっとも、これが全部本当かどうかはわかんないよがなっちゃん。そもそも本当かどうかは全部調べたりしないし、何よりもですね親父さん」

新さん、顔を顰めます。

「何かあったのか？」

「この女、一ヶ月しか借りてないんです。部屋を」

「一ヶ月ぅ？」

それだけ？

「あの手のアパートの短期貸しっていうのは、あんまり聞かないわねぇ」

サチさん。そうですよね。聞いたことがない。

「まぁ何か事情がある場合には、あるっちゃあるんだろうがな。たとえば家を改築していて、完成するまでの間とかな」

あ、それならありですかね。

「まぁどういった事情かまではわかんないんですけどね。これ以上は俺らには調べようもないし」

うむ、って勘一さんも頷いて。

我南人さんも、何か上を向いて考えているけど。何だろう、ちょっといつもと雰囲気が違う。

「青ちゃんたちを見張っていたといい、確かになんか裏というか、ありそうですよこの女」

「そうとしか思えねぇなぁ」

どんな目的があるんでしょ。

川島智美さん。

「もし、なんか男手とか必要になったらいつでも言ってくださいよ。うちの活きの良いのを引き連れてきますから」

たくさんいますものね。現場で働くいろんな職人さんたちが。

「そう、それで思い出した。新の字よ」

「はい」

「この件とはまったく別件でよ、ひょっとしたら活きの良い皆さんをお借りすることもあるかもしれねぇんだ。ちょいと頭に留めといてくれよ。その辺はまた後でゆっくり話すからよ」

「わかりました。いいですよ、いつでも言ってください」

泥棒さんがうちにやってくるとしたら、対抗手段は必要ですものね。新さんに迷惑を掛けちゃうけど。

「それにしても、川島智美さん。何者なのかしら」

サチさんが心配そうな顔をして言います。

「今んところ、何にもねぇからなぁ。青を見張っていたってのも、紺と藍子が、子供が確認したっていうだけだ。正面切って問い詰めるわけにもいかねぇだろうし」

「そんなことしても、何言ってるのそんなことしてません、って言われたらそれで終わりですよね」

「間違いないんだけどね」

藍子も紺も少し不満そうな顔。でも大人がそう言うのもわかってるのよね。

「とりあえずそっちは放っておくしかねぇや。藍子はよ、面倒だけど当分の間は青と一緒に登校してくれや」

「うん」

「もし、手の空いている人がいたら今度は私たちの後ろから尾いてきてよ。それで、大人も確認できたってことになるよね」

「そうね」

サチさんも頷きます。

「明日は月曜ね。わたしが行こうかしら。おばあさんが朝の散歩をしていても、誰も変に思わないでしょう」

「や、お祖母ちゃんが僕たちと朝一緒に歩いていたら、近所の人が〈東京バンドワゴン〉の皆は何故朝から離れて一緒に歩いてるんだろうっておかしく思われるよ。セリちゃんに頼もう。どうせ藍ちゃんと朝一緒にいつも出るんだから」

紺が言います。

「おう、それがいいな」

様子を見るしかないからね。

・

その日の夜。

ご飯が終わって、皆がお風呂に入って。そうしてサチさんが青と一緒に寝に行って戻ってきて。

青以外の全員が座卓の周りに集まって。

まだ何も教えていないサチさんと我南人さん、それに藍子と紺にも、ハウスで私と一緒だった渡邉森夫くんがやってきて、同じく一緒だった野又美佐子ちゃんが窮地に陥っていることを説明。

手紙も、読んでもらった。皆がものすごく怒っていた。とんでもない連中だなって。

そして、〈東京バンドワゴン〉に古書を移してきて、〈サルーザ〉という連中をふん縛ってやろうという計画の話をじっくりと。

サチさん、なるほどわかったわ、って頷いただけで何にも動じないっていうのは本当にさすがだなって。藍子と紺もそうなのは、そんなふうに育ててしまったのはどうなんだろうっていうのは少し思うけど、仕方ないわよね。

今までもこんなような騒ぎは、いろいろあったものね。

「なるほどぉ。いい作戦だねぇぇ。っていうかぁ、美佐子ちゃんを救うにはもうそれ一択しかないよねぇ」

我南人さんはいつも通り。どんなときでも薄く笑みを浮かべてこの口調で。

「そうだろう？」

そうなの。本当に〈サルーザ〉っていう連中を警察に突き出すしか、美佐子ちゃんを救う方法はないの。

「わかった。じゃあ、もう水曜日からでも野又美佐子さんがうちに住み込みになるんだね。部屋はどうしようか？　納戸を整理して私と一緒の部屋にする？　女の人だから」

藍子が言うと、我南人さんがいいやぁ、って。

「僕がしばらく仏間に寝ようねぇ。それで美佐子ちゃんは秋実と一緒にいた方がぁ、美佐子ちゃんも安心だろうからねぇ」

「そうね、それがいいわ。それに、解決するまで夜も一階に人が多い方がいいわ」

「あ、じゃあサチさん俺も我南人さんと一緒に仏間に寝ますよ。何だったら交代制で夜も起きてられますよ」

確かにその方が安心かも。

「刑事さんにはいつ説明するの？　早めにしておかないと、たぶんぎりぎり囮(おとり)捜査にはならないってことになると思うけど、もしもその計画では警察は対応できないってなったら困るよ」

紺はどうして囮捜査の云々なんか知っているの。

「囮捜査か。なるほどそれは考えてなかったな」

拓郎さん。ふむ、って唸って。

「たぶん、大丈夫よ紺ちゃん。最初から警察官が犯罪を誘発させるわけじゃないし。水曜日に無事古書を回収して、そうして美佐子ちゃんをうちに連れてきた段階で、ようやく準備ができて、それが私たちがやったことになるんだから」

セリちゃんはその手のことにも詳しいのはどうして。

「そういうこったろう。どっちにしても相談するのは準備が整った段階でだな」

うん、って我南人さんは頷いて。

「当然、美佐子ちゃんは毎日でも向こうに報告するんだろうねぇ、そうじゃなきゃ向こうも準備できないからぁ。うちの電話を使うのはもちろん駄目だろうからぁ、そこの角の公衆電話だねぇ。そこに行くときも用心のために誰かがついて行こうねぇ」

「その報告もある程度、うちで考えてあげないとね。最初から〈狙うブツは蔵のどこそこにあるのを確認した〉っていう重要な部分を報告するとか」

サチさん、ブツって。ノリノリですね。

「ありだな」

「その方がいいねぇえ。相手に考える暇を与えない方がいいよぉ」

「じゃあさ、盗む日とか、方法とかは当然向こうが決めて、その美佐子さんに電話で伝えてくるってことになるんだよね？　その美佐子さんも知らされないままやってくるなんてことはないかな？」

「それもよ、こっちが誘導してやろうぜ。盗む方法はこの方がいい、ってのを美佐子ちゃんに報告させるんだ」

藍子がちょっと心配そうに。

「え、危険過ぎないですか？　バレちゃったらマズイですよね」

「そこをバレねぇようにするんだよ。まぁ美佐子ちゃんに実際に会ってみて、どの程度そんなふうなことができるかどうかを見極めなきゃならねぇけどな」

うん、それはきっと大丈夫。

「子供の頃の話になっちゃうけど、美佐子ちゃん、演技上手い。学芸会とかで観に来た大人たちが感心するほどの演技をしていたから」

女優にでもなった方がいいんじゃないかって話していたもの。

「じゃあさぁ親父ぃ、新ちゃんにもさっき言ってたけど、頼りになる皆さんをちょっとお借りする話は僕が新ちゃんに話してくるよぉ」

「そうか？」

「そんなに長い期間にはならないようにするのがベストだけどぉ、ある程度期間は掛かるよねぇ。ロハでってわけには行かなくなるから、僕の方でぇ皆さんへのお礼とか新ちゃんと話して決めとくからぁ」

そう思っていた。

「すみません、皆さんお願いします」

三

いよいよ水曜日。

〈丸五〉の楢崎社長の家にお邪魔する日。

月曜日にはセリちゃんが青たちと一緒に朝出ていって、その〈トマトアパート〉の二階の部屋を確認したら、確かに藍子が描いた似顔絵そっくりの女性が、紺と青と藍子が歩いているのを見ていたって。

それで、子供だけじゃなくて大人も確かめられたってことになって、火曜日に今度は拓郎さんがついて行ったんだけど、その日は姿が見えなかった。紺も、昨日は視線を感じなかったんだって。

それで終わりになるなら、気持ち悪いことは悪いけれど、何も起こらなかったらそれでよし、ってことになるけど、今日はどうなるか。

「行ってきまーす」

「行ってらっしゃい」

藍子と紺、青と三人揃って玄関から出ていって。青はどうしてかわからないけど、藍子も一緒に行くから喜んでいる。

「じゃあ、行くね」

「よろしくね」

セリちゃん。今日はまたセリちゃんが一緒に出かけることになってる。顔の印象を変えられるからって、薄く色のついた眼鏡を掛けて。セリちゃんって本当に衣装持ちで、眼鏡もたくさん持ってるのよね。

サチさんと一緒に朝の片づけものをして、お掃除もして、サチさんと二人で座卓についてちょっと一息。

青のお迎えは、もうそろそろ出かける準備をしなきゃならない。

サチさんに頼んで。サチさんもそのとき、もう〈トマトアパート〉の部屋はわかっているんだから確認してみるって。

「秋実ちゃん、今日はその格好で行くの?」

「いえ、ジャケットとスラックスで行こうかと。一応、きちんとした格好でそれっぽく」

藍子や紺の入学式なんかに着ていったもの。

「いいわね。秋実ちゃんは本当はああいう格好がとても似合うんだけど、まさか店番でツーピース着るわけにはいかないしね」

「いきませんね」

堅苦しくてしょうがなくなっちゃう。

「勘一にもちゃんとした格好させましょう。せめてジャケットを着せて」

勘一さんは背が高くてガタイもいいですから、そういうのは似合いますよね。いつもは本当に普通のシャツにスラックスというほとんど部屋着と言ってもいい格好ですけど。

　私と勘一さんは、お昼に田園調布に間に合うように、お出かけ。店の方はサチさんと拓郎さんにお任せして。

　もしも、上手く楢崎社長をお昼に自宅に戻らせることができるようなら、森夫くんから電話が来る。出来なくなっても来るんだけど。社長の自宅の住所は確認しておいたけど、ここからなら国電と地下鉄を乗り継いで後は駅からタクシーを使って、一時間は掛からない。

「私の方は、準備できました」

「おう」

　勘一さんも、サチさんに言われたのか紺色のジャケットを着てる。スラックスもお出掛け用の糊(のり)の利いたもの。

「秋実ちゃん、我南人は朝っぱらから出ていったけど、どこ行ったんだ」

「何か打ち合わせがあって、その後帰ってきて新さんと確認してくるって言ってました。今日から美佐子ちゃんが来たときに備えて」

「そうか。あいつぁどう動くのかさっぱり見えねぇとこがあるからよ」

「ですよね」

　それでも、最終的にはきっちりと、いろいろと間に合わせてくれるのでいいんですけどね。

「思うによ、藍子も紺も何かと慎重に考えて動くのは、あいつが反面教師だからだな。何事にも感覚で動きやがる」

「それは、確かに」

もしも、我南人さんに孫が、将来藍子や紺や青に子供ができたのなら、隔世遺伝で我南人さんそっくりになっちゃうかも。

それはそれで嬉しいけど困るかも。

「お」

電話が、鳴る。店の電話は何故かベルが鳴る前に一瞬音がするの。居間にある堀田家の電話はそんなことないんだけど。

勘一さんが受話器を取って。

「はい、〈東京バンドワゴン〉でございます。おう、森夫くんか。うん、大丈夫だこっちはいつでも出られるぜ。そうか、予定通りな。午後一時には森夫くんも一緒に自宅に着くんだな？」

予定通り。

「わかった。俺らも一時きっかりにそっちに着くようにする。じゃあ後でな」

勘一さんが電話を切って。

「予定通りだ。少し早めに出て昼飯も食っちまって、時間余ったらどこかで待とうぜ」

「そうしましょう」

何事も早め早めの準備をしておけば安心安全。

＊

田園調布は高級住宅街で、それはそれは立派な家が建ち並んでいて、雰囲気だって堀田家のある下町とはまるで違う、っていうのは知っていたけれども、そういえば田園調布に来るのは初めてで、なるほど、って思ってしまった。

「こちらですね」

その中で、〈丸五〉の楢崎社長のお宅は、質素と言ってもいい感じ。質素？ 違うかな。瀟洒(しょうしゃ)な？

「瀟洒なってこういう感じですかね」

言うと、勘一さんも頷きます。

「まぁそうだな。その昔に建てられたもんなんだろうな。日本家屋に西洋風の意匠を組み合わせて、なかなかセンスある家じゃねぇか」

「きっと裏側には日本庭園っぽいものとかあるんでしょうか」

「あるかもな。しかし、この辺りもある意味じゃあ変わんねぇな昔っから」

「勘一さんは、よく知ってるんですかこの辺」

うん、って少し唇を曲げました。

「親父やサチの関係でな。ちょいちょい知り合いが住んでいたりな」

そうだった。サチさんは実は世が世なら華族のお嬢様だし、堀田家だって初代の店主堀田達吉(たつきち)さんも、華族のお婿さんだったとか。離縁したとかされたとかららしいんだけど。今はそういう交流はまったくないんだけど。

「あれですね」

車が近づいてきた。あれは私でもわかる高級車クラウン。物理的に〈東京バンドワゴン〉の前には入ってこられない大きな車。

大きなガレージの扉が開いて、その中に静かに入って行く。うん、間違いなく森夫くんが乗っていたのが見えた。

ちょっと待とう、って勘一さんと眼で会話をして、一分ほど待って。

「よし、行くぜ」

行きましょう。呼び鈴を押します。


玄関まで来てくれた森夫くん。

「まだ社長さんに全部は話してないんだな?」

小声で勘一さん訊くと、森夫くんが頷く。

「今日から来る家政婦は僕と同じ施設で育った者で、実はそれについて話があることと堀田さんが来るということだけ」

「わかった」

つやつやの廊下を歩いて通されたのは広い居間。きっと堀田家の居間の倍はあるわ。

「社長、こちらが堀田様です」

森夫くんが言って、そして。

ソファに座る美佐子ちゃんがいた。

「秋実姉ちゃん!」

本当に驚いた顔。あの切れ長の眼が真ん丸になって。すっかりお姉さんになっちゃったけど、全然変わっていない美佐子ちゃん。髪の毛は長いままなんだね。

「美佐子ちゃん」

「え？　どうして？　ここに？」

きっと森夫くんが来たことにも驚いたはずなのに、それに加えて私だものね。そりゃあとんでもなくものすごく動揺するわよね。今にも倒れそうなぐらい。座っているから倒れないだろうけど。

「ごめんね驚かせて。とにかく、落ちついて、いい？」

じっと眼を見る。

「何もかもわかって、助けに来たから」

息を呑むように、私をじっと見て、小さく頷いて。うん、何が起こっているのか、起こるのか、わかってくれたね。

楢崎社長さん、ごめんなさいお騒がせして。

白髪が、ロマンスグレーになっていて黒縁眼鏡。その奥には知的さを感じさせる瞳。商社の社長さんっていうから何となくでっぷりとしたイメージをしていたんだけど、正反対だった。細身で、むしろ痩せ過ぎで、どこかの大学の文学部の教授さんみたいな感じ。

「楢崎社長」

勘一さんが、姿勢を正して言います。

「突然押しかけてきて申し訳ございません。私、〈東京バンドワゴン〉という古本屋をやっております堀田勘一と申します。名刺なんてものはねぇんで、うちの店のカードを」

楢崎社長さん、驚いた顔をして、笑顔になって。

「〈東京バンドワゴン〉さん。あの有名な」

「ご存知でしたか」

「もちろんです。私も輸入業者の端くれ。洋書の古書に関しては〈東京バンドワゴン〉さんが東京、いや日本で随一のお店ですから」

どうぞ、お掛けください、とソファを勧めてくれます。私は、美佐子ちゃんの隣に。勘一さんも。二人で挟む感じになっちゃったけどたまたま。だって美佐子ちゃんが真ん中に座っていたから。

「改めて、堀田でございます。過分なお言葉ありがとうございます。ただ文字通りに古いだけの古本屋です。そしてここにいるのは、私の息子の嫁でして」

「秋実と申します」

はい、と、微笑んでくれます。

「ということは、〈LOVE TIMER〉の我南人さんの奥様ですか?」

「はい、そうです」

それも知っていたんですね。楢崎社長が、一気に好意的な雰囲気を私たちに向けてくれるのがわかる。本当に、それをひけらかすことなんかしないけれども、有名人を、特に人気のミュージシャンを家族に持つと何かと便利って実感しちゃう。

「実は、私は、そちらの渡邉森夫くんと同じ養護施設で一緒に育ちました。私がそこを出たとき、森夫くんはまだ十二歳でした」

え、という感じで思わず横のソファに控えていた森夫くんを見る楢崎社長に、森夫くん頷きます。

「そうでしたか。それはまた偶然でしたね。すると、先ほど渡邉から聞いたのですが、そちらの家政婦の野又さんとも、ですか」

「そうなんです。私は、今日が、彼女との十数年ぶりの再会でした。美佐子ちゃん、野又さんには今日のこのことを何も伝えてなかったのでこんなにも驚いているんです」

美佐子ちゃん、ようやく私たちが来た驚きが落ちついて、ここで何が起こるのかを理解したみたい。

全部、ここでバラされるんだなって。

「この渡邉くんと野又さんが、実は恋人同士だったというのもお聞きになりましたか？」

「聞きました。先ほどです。それで、何かそれに関して、大変な問題があるというのを堀田さんが説明してくれるということなのですが」

うん、と勘一さん頷きます。

「その前に、この野又さんを臨時の家政婦として雇われた経緯というのを、お聞かせ願えますかね？」

楢崎社長、はい、と軽く頷いて。

「妻が、頼んだのですよ。何でも友人からうちのようなアンティークとかが多い家を掃除するのにはうってつけの家政婦さんだと。実はずっと個人的に雇っていた人が病に倒れましてね。探していたんです」

「そうでしたか」

きっと奥様の友達っていうのが〈サルーザ〉のちゃんとしたアンティーク商売の方のお客さんなのかな。

「今日は奥様は」

「少し前に、この野又さんが来るのを待ってから、用があって出かけました。帰ってくるのは夜になるかと」

「では、くどくど説明するよりも、この手紙を読んでくださると話が早いんで。これは、この野又さんが、そこの渡邉くんに出した手紙です。つい先週の話で」

勘一さんが、封筒ごと机の上を滑らせて。楢崎さん、その封筒を手に取って宛名書きとか全部確かめてから森夫くんを見て。森夫くんも、小さく頷いて。

読み出す。真剣な顔。

そして眉を顰めて、美佐子ちゃんを見て。

「野又さん、これは、ここに書いてあることは間違いなく事実なのですか?」

美佐子ちゃん、顔を顰めて、小さく頷きます。

「事実です。本当に、申し訳ありません」

「なんということを」

勘一さんが、おわかりでしょう、と続けました。

「この手紙を持って渡邉くんがうちに、この秋実に相談しに来ましてね。私どもも驚いたんですが、こりゃあ何とかしなきゃならん、若い二人をこの苦境から救い出すために、楢崎社長に協力を仰がなきゃならないと、こうしてやってきたわけなんですよ」

楢崎さん。ふぅむ、と大きく息を吐きました。さらに顔を顰めます。

「いや、来られた理由はよくわかりました。渡邉がほとんど何も事情を話さずに、今日こうやって私を昼に家に戻したことも納得です」

もう一度、手紙に眼を落とします。

「では、この手紙から、この〈サルーザ〉という連中に狙われているものというのも、堀田さんは推測がついたということなんですね？」

勘一さん、頷きます。

「おそらくは一八七五年に発行されたエドワード・キンクス『フィッツ・ウイッチ・ストーリー』。あなたが落札したんですな？　あの貴重な古書を」

「その通りです。さすがですね」

「いやぁ、古書を扱うものならすぐにわかるってもんで。おそらくこの〈サルーザ〉って連中も、あなたが落札したのをすぐに察知したんでしょうや。それで、それを奪おうと計画を立てていた、と」

「そうなるのでしょうね。まいりましたね」

溜息をつきます。そこで何かを考えるように、確かめるようにまた手紙に眼をやって。

「しかし、堀田さん、二人を救うというのはどうやって」

「そこをご相談なんですよ。『フィッツ・ウイッチ・ストーリー』はもちろんなんですが、その他にもいくつか高価な古書がこちらにあるんでしょう。それらを一切合切、うちに預けちゃあもらえませんか」

「預ける」

そうです、と勘一さん頷いて。

「理由は、修復と管理ってことにしとけばいいでしょう。せっかく手に入れたものをきれいな状態にしたい。そこで〈東京バンドワゴン〉に頼んですべてを保管してもらうようにした、と。その他にも高価なアンティークがあるのであれば、まとめてうちに。『フィッツ・ウイッチ・ストーリー』だけを持っていっても、その他のものが狙われちゃあ元も子もないもんで」

なるほど、と楢崎さん、顎に手を当てます。

「それで、野又さんがここにいる理由がなくなる、というわけですね？　そういう形でまずは彼女を救おうと」

「そういうことです。さらに野又さんを、このままうちでスカウトします」

「スカウト」

「楢崎社長が、せっかく来てもらったが、古書や骨董品は〈東京バンドワゴン〉に渡すことになったので、野又さんもそのまま〈東京バンドワゴン〉に行ってもらって仕事をしてもらいたい。偶然にも〈東京バンドワゴン〉では女手が事情で足りなくなり、なおかつ蔵の中の改装もしているので手伝って貰える家政婦さんを探していた。一石二鳥になるから、と。そう言われた、とするんです」

少し考えるようにして、楢崎さん、なるほどと頷きます。

「野又さんは、そうやって〈サルーザ〉に報告する。そしてそのまま堀田さんは野又さんを〈東京バンドワゴン〉で保護する、と。もうそれで野又さんは、この、〈サルーザ〉なる連中から離れられて安全だと」

「そういうことです。そして、今度は〈サルーザ〉に狙われるのは〈東京バンドワゴン〉になり、我が家では泥棒どもを待ち受けて一網打尽にしてやる、っていう計画です」

「いかがでしょうか。椚崎社長」

私が、言わなきゃ。

「後は全て私たちが引き受けて、やります。そしてこの美佐子ちゃんは必ず私が二度とそんなものに巻き込まれないよう、自分のやってしまったことを反省させて、更生させます。今回のことは、どこにも内緒にしていただき、森夫くんが関係してしまったことも含めて、全てを不問にしてお許し願えませんか」

頭を下げます。

そして。

「私たち〈東京バンドワゴン〉は絶対に、安全です。お預かりする古書を保管するうちの蔵には、同じぐらいに高い値のつく希書、古典籍の類いが山ほどあります。明治十八年に創業以来今年で百年、その類いの古書は一度たりとも蔵から盗まれたことはありません。全てが終わった後に、間違いなく同じ状態でお戻しすることも約束しますので」

真っ直ぐに椚崎社長を見て、また頭を下げます。

勘一さんも。それを見て、森夫くんも美佐子ちゃんも、頭を下げていました。

椚崎さん、ふぅ、と大きく息を吐きました。

「いや、頭を上げてください。逆です。私が、よろしくお願いしますと頭を下げなきゃならない。堀田さんたちが来られなかったら、貴重なコレクションを盗まれるところだったんですから」

「では」

「もちろんです。今、考えてもその方法がベストでしょう。それに」

美佐子ちゃんを見ました。

「野又さんは今日やってきて、まず家の中の掃除をしてくれたようです。他に何もしていません。ただの家政婦さんです。内緒にするも不問にするも何もありませんよ。もちろん、渡邉もです。優秀な秘書は、いてもらわないと困ります」

森夫くん、少し笑みを見せます。

「ありがとうございます」

「いや本当に君は何も悪いことなどしていないんだ。これからも今まで通り、仕事をしてもらう。野又さんも」

美佐子ちゃんを見て。

「大変なことに巻き込まれたようだが、こうやって助けてくれる素晴らしい家族がいる。それを胸に刻んで、これからも頑張ってください」

美佐子ちゃん、頬が乾く暇がないね。

「ありがとうございます」

「恋人同士だった、というのも過去形にしなくていいんだろうね？　渡邉」

「あ、それはもう、僕はそのつもりです」

美佐子ちゃんもだよね。まだ何にも解決していないけど、とりあえずそこのところは、復活ってことで。

美佐子ちゃん、小さく恥ずかしそうに、はい、って。

「うん、滅多にしないことだが、結婚式を挙げるときには私が仲人するというのはどうだい。あ、いや仲人はむしろ堀田さんでしたかね」

笑ってしまった。

「いやいやぁ、楢崎社長がそう言ってくださるならもうぜひお願いしますってもんで。二人のためにはそれがいちばんです」

一気に和やかな雰囲気になっちゃったけど、それで、って楢崎社長が少し身を乗り出して。

「うちにあるものを全てお渡ししてお任せします。しかし、私はそれで後は高みの見物というわけにはいきません。この〈サルーザ〉を誘(おび)き寄せなければならないのですよね？　警察には？」

「もちろん、相談しますぜ。既に刑事さんが一人うちにもこの件で来てましてね。今日、話がまとまれば全部話すつもりです」

うん、って楢崎さんはまた手紙を手に取って。

「野又さん」

「はい」

「手紙には、あなたが働いているアンティーク輸入販売〈サルーザ〉の社長は保田、となっていましたね」

「はい、そうです」

「気になったんですが、下の名前は？」

「敏郎(としろう)です。保田敏郎と言います」

「としろう。敏捷(びんしょう)の敏に郎ですか？」

ちょっと考えて、美佐子ちゃん。

「そうです」

楢崎さん、首を小さく振りました。

「まさかとは思いましたが、堀田さん。これは私も最後まで係わらせてもらわなければならないようです」

「と、言いますと？」

「私が〈丸五〉に入社したときの同期に、保田敏郎という者がいました」

えっ！

全員眼を丸くしちゃった。

「同姓同名ですかい」

「同じ字です。野又さん、年齢までは聞いていますか」

美佐子ちゃん、首を捻りました。

「年は、確か五十何歳としかわかりません」

五十代。

「同じ年頃でしょう」

「そりゃあ、どうなんですか。同一人物ですかい」

「わかりません。保田はもう、そうですね二十数年も前に退社しているんです。しかし、野又さん、手紙にあるようにこの保田敏郎は、アンティークや輸入に詳しく、数ヶ国語を操るのですね？」

「そうです」

そうか。

つまり、総合商社〈丸五〉にいても全然おかしくない人物像。

「あいつもその頃から語学に堪能でした。そのまま会社にいれば間違いなく幹部にまで、ひょっとしたら私が社長になる前にあいつがなっていてもおかしくないぐらい、優秀だったんですよ」

そんなにですか。そういう人がどうして泥棒なんかに。

楢崎社長が、そうだ、と何か思いついたように腰を浮かして。

「ちょっと待ってください。私の部屋に、昔の、若い頃に会社の皆と撮った写真がいろいろあるんです。その中に保田が写っていないかどうかを確認します。ちょっと持ってきます」

慌てて立ち上がる楢崎さん。森夫くんもそれについていって、足音が遠ざかっていくけど、どれだけ遠ざかるの、って思ってしまった。

美佐子ちゃんと、眼が合う。

「美佐子ちゃん」

まだ眼がうるうるしている。泣きそうになってる。そんな顔をしたら、あの頃のままだ。

「きれいになったね美佐子ちゃん」

「秋実姉ちゃんこそ」

少し笑って。

「おばさんになったでしょ。本当に驚かせてごめんね」

「いきなりで申し訳なかったね。何せどこにもバレないようにするのが第一だったもんでな。美佐子ちゃんに事前に知らせることもできなくてね。おっと、堀田勘一です。秋実ちゃんの義理の親父です」

美佐子ちゃん、まだ眼に涙を溜めながら、ちょっと微笑んで。

「野又美佐子です。秋実姉ちゃんの家族にお会いできて、嬉しいです」

「いやいやぁ、こちらこそってもんですよ。可愛いお嫁さんのね、可愛い妹さんに会えて嬉しいですぜ」

勘一さん、そっと美佐子ちゃんの固く握ったままの手に、手を軽く添えました。

「今、話したようにさ、もう何にも心配いらねぇぜ。あの秋実ちゃんが助けに来たんだ。泥棒連中なんか、一捻りだぜ？」

本当にやめて勘一さん。この子たちはあの手の話を本当だって信じてるから。

「そしてよ、どうやって泥棒連中を退治するかは、話を聞いててあらかた想像はついただろう？」

「はい」

美佐子ちゃん、潤んだ瞳の光に、力が戻った。

「私が、保田社長に連絡して、〈東京バンドワゴン〉さんに盗みに入るように誘い出すんですね？」

「そうだ。美佐子ちゃんにしかできねぇ。そんな計画を勝手に立てちまって申し訳ねぇが、やってくれるかい？」

一息、ついて美佐子ちゃん。

「やります。できます」

そう、きっとできる。私の知ってる美佐子ちゃんなら間違いなく。足音が響いて、ドアが開かれて二人が戻ってきた。

「ありました。野又さん、もう二十数年も前の写真ですが、この男が私と同期の保田敏郎です。どうでしょうか」

古ぼけたモノクロ写真が二枚。

これは、忘年会か何かかしら。どこか広い宴会場のようなところで既に酔っぱらった顔の人もたくさん。その中で、楢崎社長が指差したのは、銀縁眼鏡に、ちょっと髪の毛は天然パーマのようなくるくるで丸顔の男性。

美佐子ちゃんが、息を呑んだ。

「間違いないです。保田社長です」

「やっぱりですか」

楢崎さん、うーんと唸ります。

まさか、同期の人だったとは驚き。

「会社を辞めて、自分で商売をやっているという話は大分以前に聞いていましたが、まさかこんなことを」

「辞めてからも交流はあったんでしょうか？」

いいえ、って首を横に振って。

「この二十数年に何度か会った程度ですね。それも、当時の仲間たちとの同期会みたいなもので。プライベートで親しくしていたというのは、ないですね」

ふむ、と勘一さん。

「何か、働いているときにこの保田さんと因縁めいたものは？　仲が悪かったとか良かったとかは」

少し考えました。

「因縁めいたものは何も。同期でしたから、仲は普通に良かったと思っています。ただ」

「ただ？」

「実は妻も、同期でしてね」

あら、奥様も。社内恋愛だったんですね。

「保田と取り合ったというほどではないですけど、あいつも当時妻のことを少なからず思っていた節はあります」

そんなことが。

「でも、それは今回のことには関係ありませんよね？」

森夫くん。

「ないとは、思うが」

「今更、楢崎社長を恨んでとかは」

「今頃になって恨み辛みはねぇでしょうよ。あったらもっと早くに動いたんじゃねぇですか。単純に、『フィッツ・ウイッチ・ストーリー』を落札したという日本の金持ちを探ったら同期の楢崎社長だった。ちょうどいいや、あいつから今度は俺が奪ってやるか、ぐらいのものじゃねぇかな」

「そんな感じですねきっと」

たぶんですけど。

「それならそれで、動機がはっきりしていていいってもんですよ。普通ならこんなふうにいきなり計画に邪魔が入れば警戒して今回はなしにしよう、って考えてもおかしかねぇ。けれども、楢崎社長との間にそんなのがあるんなら、余計に必死になるかもしれねぇですよ」

楢崎さんも、なるほど、って。

「堀田さん、計画は、つまり保田たちを〈東京バンドワゴン〉さんに誘き寄せて、そこで警察に入ってもらうということですよね」

「その通りです」

ただし、って続けて。

「向こうがどういう方法で盗みに入るかは、向こう次第なんでね。後は出たとこ勝負ってもので」

「野又さん、保田が必ず盗みに入るのですか？　あなたはまったくの無関係でしょうが、聞いていませんか？」

美佐子ちゃん、はい、って頷いて。

「そう言ってました。自分はこの通り善人そうで人畜無害な目立たない男だからって。そういう方が都合がいいんだって」

確かに、あの写真を見る限りでは、善人っぽくも見えるわ。

「では、堀田さん。もしも、いざ盗みに入るのがわかって、連絡が取れるような状況であればそのとき、私にも連絡を貰えますか」

「社長にですか?」

強く、頷きます。

「私の顔を見れば、驚くでしょう。何らかのお役に立てるかもしれない。何よりも、もしも、私の姿を見て何もかも認めて罪を償ってくれるのなら」

同期の仲間、なんですよね。

私は会社勤めをしたことないけど、学校には行ってた。仲の良かったクラスメイトも何人かいる。もしもその子たちがこれと同じようなことをやっていたのなら。

止めたい、って思うもの。

勘一さん、わかりましたって。

「そのときが来たのなら、ご連絡しましょう。いや、この後の経過は逐一、毎日でも渡邉くんを通じてご連絡しますよ。なんたって、今このときから大事な〈東京バンドワゴン〉のお得意様になるんですからね」

笑いました。その通り。

しっかりと保管しますから。

「さて、早速です。申し訳ねぇですが品物を運ぶ車の手配をしますんで、ちょいと電話をお借りできればありがたいんですが」

「あぁ、いやそれならばうちの車をお使いください。ピックアップトラックがあります。コレクションといってもそんなに数はありませんから、あの車に積んで、三人乗って帰るのには充分です」

車をお借りできるんですか。

「いやしかし、それでは車を返しに来なきゃなりませんな。こうなったからには、念のためにできるだけ社長とは接触するのを避けた方がいいんで」

「大丈夫です。普段はまるで使っていませんから、どうぞそのまま車もそちらに置いといてください。返すのは全てが終わってからで構いません」

普段まるで使っていない車を保有してるっていうのは、さすが社長さんってところですか。でもうちには駐車場がないんですけど、とりあえずは祐円さんのところに置かせてもらえばいいですかね。


何もかもが上手く進んでいるけれども、こういうところで油断しちゃうと後でどんなトラブルが起こるかわからない。

楢崎社長のコレクションの目録を、森夫くんに手伝ってもらって作成。その中から、〈東京バンドワゴン〉で保管するものと、このまま置いていくものをきちんと整理確認して、書類を作って。

「これで、大丈夫ね」

「問題ないと思う」

お互いに書類にサインをして。これで形式上でも正式な委任が決定。ここに整理した古書やアンティークは〈東京バンドワゴン〉に移管されます。本当にそんなに数はなかった。古書は十点ほどで、アンティークの食器などが三点。

残されるものは、どんなに高値がついてもせいぜい数万円のもので、盗みに入るなんていう危険を冒す価値なんかないっていう感じのもの。

「向こうも、大丈夫かな」

「大丈夫よ」

美佐子ちゃんが、〈サルーザ〉に電話して、このまま〈東京バンドワゴン〉に移動するっていう話をしている。楢崎社長も、そして勘一さんも控えてその電話に出ているはずだから。

戻ったら、三人で談笑していた。

「終わりました。社長、こちらでご確認を」

森夫くんが今作成したリストを見せて、楢崎社長がしっかりと読んで確認して。

「オッケーだ」

「電話も終わったぜ」

「どうでしたか？」

勘一さんが、大丈夫だって顔をした。

「俺も楢崎社長も電話で話した。向こうで出たのは布川（ぬのかわ）という男でな。副社長だそうだ」

布川さん。

「保田さんは電話には」

「出なかったたな。今外出中とか言っていたが、雰囲気からして、最初に楢崎社長が出たものだから、替わらなかったって感じだったぜ」

今気づいたけれど、テーブルの上に置いてある電話は、会社とかによくある切り替えでスピーカーで聞けるタイプのもの。それでわかったんだ。

「でも、話はついたんですね？　何かに気づかれたとかなかったですか？」

「ついたし、大丈夫だ。美佐子ちゃんも今回は泊まりの用意もしてきていたから、戻らなくてもいいそうだ。疑ってる感じはなかったよな？」

勘一さんが訊くと、美佐子ちゃん頷いて。

「大丈夫だったと思います。むしろ喜んでいたかもしれない」

「喜んで？」

「たぶん、狙っているものがもうすぐに確認できそうだったからだと思う。普通に家政婦をやっていると、いつ目当てのものを調べられるかは全然わからないから」

そっか、それは確かに。うちに持っていって一緒に行くんだから、話が早くて良いって感じか。

「でも大丈夫？　このままうちに来ちゃったら、向こうの部屋にあるものとか取りには行けないかも」

うん、って頷く。

「大事なものは、いつも持ち歩いているから。部屋のものは、なくなっても買えば済むものばかりだし」

住んでいたんだから、いろんなものがあるはずだけど。

「このことがわかってから、外出するときにはいつもそうしていたんだ。財布に通帳に印鑑。いつどんなことが起こってもいいように」

何もかも捨てて逃げたりできるように、かな。でもそうしたら施設の誰かに迷惑が掛かるかもしれないから、できなかったんだろうけど。

「ま、それが今回は幸いしたってことだな」

「そうですね」

これで美佐子ちゃんはもう安心なんだ。泥棒の巣窟へ帰らなくていい。このままうちに来て、一緒に住めるんだ。

第三章 The Neverending Story

一

楢崎社長が貸してくれたピックアップトラックは、思っていたよりずっとボロボロでちょっとびっくりというか笑ってしまったというか。

たぶん、けっこう貴重というか、クラシックカーというよりはその手の人に愛されている車なんだろうなって感じ。だって、ラジオしか付いていないし、エアコンもない。本当に、昔の車って感じ。

「こういうものを好む人なんですね」

勘一さんもちょっと笑って。

「コレクターってぇ連中は、こういうもんだろうさ。ひょっとしたらあのクラウンだって楢崎さん本人はもっと昔の渋いのに乗りたいけど、仕事のもんだからな。我慢してるんだろうさ」

そうかも。

荷物は全部後ろの座席に納まった。美佐子ちゃんの持ち物もボストンバッグひとつ。本当に身軽にいつでも逃げられるようにしてきたんだ。

「大丈夫？　ちょっと狭いけど」

「平気」

美佐子ちゃんが笑顔で頷く。せっかく会えた森夫くんとはまたいったんさよならだけど、きっとすぐにまた会えるから。

よし、〈東京バンドワゴン〉に向かって出発。

うん、でも、乗り心地は決して良いとは言えないけど、シンプルでいい車だと思う。何よりも運転する人の手と車が直接繋がっている感じ。以前に〈LOVE TIMER〉のボンさんが持っている三菱ジープを運転したことがあるけど、きっとあれと同じ感じだと思う。電子部品みたいなものをほとんど使っていない、全部が人の手で直せるような車。結構好きだな。

私は勘一さんが運転する車に乗るのも初めてだった。私が運転しようかって思ったんだけど、勘一さん、なかなか運転も上手いし、案外こういう車が似合うかも。

「美佐子ちゃん、免許は取った？」

「持ってるよ。専門学校出て、働き始めてすぐに取った」

私が知ってるのは小学校のときまでの美佐子ちゃん。後でいろいろ話し合おうね。

「この車、どこに置いておきます？」

家の前の道路にはたぶん入っていけませんよね。入れるかもしれないけど、本当にギリギリだろうからちょっと怖い。

「祐円ところに置かせてもらおうぜ。さんざんうちで飲み食いしてんだからそれで駐車料金はチャラだ。あそこに台車もあるし借りて荷物を運ぶぜ」

そう言うと思ってました。何かと便利な祐円さんの神社。荷物を運ぶのだって五分も掛からない。

祐円さんの神社に着いて、台車を借りるついでに祐円さんに美佐子ちゃんを紹介。祐円さん、若い女の子がうちに増えたって喜んでるんでしょ。

台車を押しながらちょっとだけ道案内しながら〈東京バンドワゴン〉に帰ってきて、美佐子ちゃんを紹介するのもそこそこに、まずは運んできた荷物を蔵へ。貴重なものばかりなんだから、さっさとしまっておかないと。

「さて美佐子ちゃん」

蔵の前で、勘一さん。

「外からもよく蔵を見ておいてくれよ。これから向こうに報告するのに、そういう眼で見るのとただ見るのとでは、全然印象が違うからよ」

拓郎さんが、入口のところで荷物を運ぶのを待っている。勘一さんがいつもズボンの後ろポケットに入れている白手袋をして。

「はい」

「言葉は悪いがよ。美佐子ちゃんは今回は向こうにしてみれば泥棒の仲間として来ちまっているんだ。もうそういう気持ちになってな。どうすれば盗めるか、まで考えて見て、報告を考えてくれや」

「わかりました」

酷な言葉ですけど、そうよね。そうしなきゃ、ここに来た意味がなくなっちゃう。あいつらを誘導しなきゃならないんだから。

「と言ってもよ。まぁ楽しんでくれ。一見の価値はあるぜ？」

皆で蔵の中へ。

美佐子ちゃんが、わぁ、って思わず感嘆の声を上げて。

「凄い。本当に凄い。秋実姉ちゃん！」

「うん」

「覚えてる!?　お嫁に行く前に〈東京バンドワゴン〉の蔵は本だらけで凄いんだよって話してくれた」

あー、そうだったかな？　うん、皆に話したね。堀田家の皆さんのこと、〈東京バンドワゴン〉のこといろいろ。

そうだ、お嫁に来るちょっと前だったね。

「そのときも想像したんだけど、その百倍凄い！」

「喜んで貰えて嬉しいぜ」

そして、青がもうそこにいた。

蔵の中二階にある椅子に座って、作業台の上に置いた『不一魔女物語』を読んでいた。私たちが帰ってきたから、おかえり！　って急いで歩いてきて。

「青、このお姉さん、美佐子さんよ」

いきなり知らないお姉さんがいたから、青がちょっとだけ緊張したけど、でもすぐにニコッと微笑んで。

美佐子ちゃんが思わず（可愛い！）って心の中で叫んだのが、表情と様子ですぐにわかる。なんかハート型の矢が胸に刺さったのが見えたような気がしたわよ。

本当に可愛いでしょ？　天使のように美しいでしょ？　自慢の息子なのよ。

「こんにちは、青ちゃん。野又美佐子です」

「こんにちは。あおだよ」

青、人見知りってわけでもないけれど、やっぱり男の人より女の人の方が好きよね。

「青、美佐子お姉ちゃんはね、しばらくうちでお手伝いしてもらうの。一緒に住むんだよ」

へー、って眼を丸くして。

「うちではたらくんだね」

「そう、セリちゃんや拓郎さんとおんなじ。うちで働くの。ちょっとの間だけどね」

「仲良くしてね」

「うん！　ようちえんもいっしょにいく？」

「そうだね、一緒に行ってもらおうね」

美佐子ちゃん、あの頃だって自分より小さい子供たちの面倒をよく見ていた。きっと子供好きのはず。

「よし、青よ。ちょいと皆で荷物運ぶから、騒がないで大人しくしてろよ。うちに本持ってって読んでてもいいぞ」

「わかったー」

『不一魔女物語』を自分で持っていこうとして、私が運ぼうと思ったけどその丁寧な手つきに思い止まった。うん、我が子ながら、あの年でちゃんとわかってる。大事なものは、大切にしなきゃならないんだってこと。

「秋実姉ちゃん」

「うん？」

「本当に、本当にものすごく可愛い！」

興奮して私の肩をぽかぽか殴る美佐子ちゃん。でしょ？

「遊んであげてね。他にも藍子と紺がいるの。もうすぐ帰ってくるから」

箱で運んできた荷物を解いて、ここから一応滑らない白手袋を、美佐子ちゃんにもつけてもらって。

「これかー」

拓郎さんが、興奮していた。

荷物の中には『フィッツ・ウイッチ・ストーリー』。

海外に持っていけば何千万で落とされるような貴重な本。もちろん我が家の蔵にもそれと同じぐらい貴重なものはたくさんあるんだけど。

「あたりまえだけど、そっくりだろう？『不一魔女物語』に」

拓郎さんが、『フィッツ・ウイッチ・ストーリー』を出して言う。

「うん、本当に」

榴崎さんのお宅でチェックしたときに、まったく同じだ！　って思わず言ってしまったぐらい。『フィッツ・ウイッチ・ストーリー』と『不一魔女物語』は、もちろんそうやって造ったんだからそうなんだけど、判型も装幀も雰囲気も何もかもそっくり。表紙を見るだけなら、違うのはそのタイトルだけ。『フィッツ・ウイッチ・ストーリー』はもちろん英語表記で、『不一魔女物語』は日本語で。

「さすがに厚さは違いますけどね」

「そうそう」

『不一魔女物語』の方が、付け足した物語の分だけ分厚い。

「これが、そうなんですね」

美佐子ちゃん。

「そう。あ、こっちは『不一魔女物語』。知ってるよね？」

作業台の上に、拓郎さんが一冊に修復している最中の『不一魔女物語』。

「知ってる！　読んだものハウスで！」

「そう。後から詳しく説明するけど、私も知らなかったんだけど、この『フィッツ・ウイッチ・ストーリー』の翻訳版と思えばいいんだって。これも負けず劣らず貴重な古書なの」

「貴重なの？　だってうちに二冊あったよね」

そうなの。それも後で全部説明するね。

「さて、美佐子ちゃん。〈サルーザ〉の連中が狙っている『フィッツ・ウイッチ・ストーリー』を置いておくのは、奥のそこだ」

作業台があって、その奥には格子戸のついた棚。

「通気性もいいようにな。ここにしまっておく」

格子戸を開けて、空いているスペースに背表紙が見えるように、普通の書店で売ってるように並べる。

「本ってのは寝かせるものじゃねぇんだ。まぁ場合とものによってはそうやって保管することもあるが、こういう硬い背表紙のついた本ならこうして普通に立たせて保管。それがいちばんだ」

「はい」

美佐子ちゃん、ちゃんとメモを取っている。

「入口から自分の足で歩いて何歩目で正面の棚、とかも書いといた方がいいぜ。その方が信憑性が出る」

「あ、わかりました」

勘一さん、やたらそういうことにも詳しいですよね。

「その他のものは、その辺だ。本以外の骨董品は、そこの奥だな。そんなに数はねぇから、置きっぱなしだな」

うんうん、と頷きながら、美佐子ちゃんメモを取ります。

もう大丈夫だね。私の知ってる、まだ小さいのにしっかり者だった美佐子ちゃんだ。

「こんなところだな。後はまぁじっくり蔵の中を見といてな。蔵の周りの様子も。今夜、どこまで報告するかは、後でゆっくり決めようや」

そうしましょう。

私と我南人さんの部屋へ案内して、しばらくここで一緒に寝ようって話をして。

「なんだか、昔みたいだね」

「そうだね」

ハウスにいた頃、狭いけど二人で寝たり、四人で寝る部屋もあった。もちろん、女の子同士で。

「すごく居心地のいいお家。日本家屋だから、本当にあの頃に戻ったみたい」

美佐子ちゃんが、自分のしたことに気づいてから半年以上が経っているはず。その間、ずっと眠れない日々が続いていたんじゃないかな。心の底から、今、ホッとしているんじゃないかな。

「さ、じゃあさっそく次の我が家の仕事に向かおうか、家政婦さん」

笑った。

「はい！」

まずは、もう夕方だから晩ご飯の下準備かな。

紺が帰ってきて、藍子が帰ってきて、そしてセリちゃんも帰ってきて。それで我南人さん以外我が家の全員が揃ったけれど、皆が美佐子ちゃんが来るかもしれないことはわかっていたし、そして来ているってことは作戦が上手く行っているってことだから、皆が喜んで美佐子ちゃんにいらっしゃい、って。

美佐子ちゃんは、驚いたり喜んだり忙しかった。まさかこんなふうに皆さんに歓迎されるなんて考えてもみなかったって。

本当に、まずは良かったわ。

「それでね秋実ちゃん、青を迎えに行ったときには、アパートの部屋からは誰も見ていなかったわ」

「いなかったんですか」

台所でサチさんが。

「そうなのよね」

「まぁ、確かに、ずーっと一日中窓のところに立っていられたらそれはもう亡霊になっちゃうわよね」

セリちゃん。そうよね。

「今のところ、朝は大体いるっていうのは、どうしてかなぁ」

「あの、何の話ですか」

美佐子ちゃん。さっそくうちの台所に立ってもらってお手伝いをお願いしたんだけど、そうよね。

「それも説明しなきゃね」

説明しなきゃならないことが多過ぎて困るかも。

取り急ぎ、青を見ている謎の若い女がいるという説明を。名前なんかも一応判明したんだけど、目的がわからなくて困っている、と。

「それこそ、先に窃盗団ね。その話を刑事さんから聞いていたものだから、窃盗団が下見にでも来ているんじゃないかって話したんだけど」

美佐子ちゃんが首を傾げて。

「〈サルーザ〉には女性は、私ともう一人いますけど、その人は副社長の奥さんで、もう四十代で、痩せてはいませんん太ってます」

「あ、そうその手の話も後からね」

とりあえず社長と副社長とその奥さんがいるのね。わかった。

「怖いけど、不思議ですね。でもひょっとしたら私みたいにとんでもない事情があったりしたら」

「とんでもない事情かー」

青の産みの母親だったら確かにとんでもない事情なんだけど、とりあえずそうではないことはわかったから。他にどんなとんでもない事情があるんだろうか。

「今日の晩ご飯はね、カレーにしましょう」

「カレーですか」

「月島刑事さんを呼んだのよ。そうしたら、夜にならないと来られないってことだったから、じゃあ晩ご飯を一緒にどうぞって」

「いいですね。じゃあお肉もあるからカツも付けましょうか。カツカレー」

セリちゃんが言う。

「そうね。こうして美佐子ちゃんも来てくれたことだし。ちょっとお祝いみたいな感じでいいわね」

皆大好きカツですからね。

そして泥棒に勝つ！　って感じの決起集会みたいでいいかも。

我が家のカツカレーは、皆それぞれの皿にカツを載せて出すんじゃなくて、揚げて切ったカツを大皿に盛って、それぞれが好きなだけ取って載せるもの。それに、カレーは茄子(なす)やジャガイモ、人参などの野菜をたっぷりゴロゴロ入れたもの。

サラダはキャベツをたくさん切って胡瓜やトマトも切って、粒マスタードやマヨネーズにごまだれも添えてそれぞれが好きなのを選んで。

出来上がる頃には、どこに行っていたのか我南人さんも帰ってきた。

「ただいまぁ」

どうしてか店から入ってきたと思ったら、後ろには月島刑事さん。

「なんだ、一緒だったのかい」

「駅でそーっと声を掛けられてさぁ、呼ばれたのでうちに行く途中の刑事ですって。ちょっとびっくりしたねぇえ」

月島さん、すみませんってちょっと苦笑い。〈LOVE TIMER〉好きなんですものね。

今日はスーツじゃなくて、ブルーのシャツにスイングトップのジャケットにスラックスというラフなスタイル。刑事さんは意外と皆ラフな格好してるって聞いたことあるけど、本当みたい。

美佐子ちゃんも我南人さんが帰ってきて、また喜んでいた。〈LOVE TIMER〉大好きなんだって。

「あぁ、君が美佐子ちゃんねぇえ。じゃあ二人ともに、後でうちにあるLPにサインでもするから持ってってぇ」

我南人さんが大盤振る舞い。

うちの家族に美佐子ちゃんと月島刑事さんを加えて、皆で「いただきます」です。

「何かすみません。お食事まで」

「いやぁ呼んだのはこっちだからよ。遠慮しねぇでどんどん食べてくれよ」

そうです。たっぷり作ってあるので全然平気ですから。

「それでな、月島さんよ。まぁ消化が悪くなりそうな話で申し訳ねぇんだが、他でもねぇ例の窃盗団の話なんだけどよ」

「はい」

「たぶん、見つかったぜ」

「見つかった!?」

月島刑事さん、口に運ぼうとしたカツを落としそうに。

「たぶん、なんだけどな」

「え、見つかったというのは、どういう」

「実はその窃盗団の一味だったのが、そこにいる美佐子ちゃんでさ」

「え!?」

美佐子ちゃん、申し訳なさそうに一度頭を月島さんに下げます。そんなに畳み込んだら月島さん食欲失うかも。

「まぁ後でじっくり説明するから、食っちまおう。話はそれからだ」

さすがに青はまだ理解できない話だろうけど一緒には聞かせられないので、後片づけのあとに、さっさとサチさんと藍子と青で先にお風呂に入ってもらって。

その間に、お茶を飲みながらまた最初から今回のことの説明を月島刑事さんに。

美佐子ちゃんのあの手紙が本当に便利、って言い方はあまりにもおかしいけれど、便利。あれを読んでくれれば、今までどんなことがあって何が起ころうとしているか、全部わかってしまう。

そして、盗まれようとしていた古書を、その他もいろいろ全部うちに既に搬入済みで、美佐子ちゃんがここにいる経緯も説明。

「そんなことを」

月島さん、本当に驚いている。

手紙を何度も見返して。

「いや、本当になんですね？」

「刑事さんに嘘をついてどうするよ。全部本当のことで、これ、こうして美佐子ちゃんを無事にここまで連れてきたんだよ」

そんなことに、って呟(つぶや)いて。

「それで、今度は彼女に、野又さんに、この〈サルーザ〉の保田という男に報告させて、ここから古書を盗ませてそこを捕まえようと」

「その通り。何も間違ってないだろう？　順番通りのやり方になってるだろ？」

「順番って」

月島さんが唸るけど、確かに、順番通りって感じ。

「それで、相談なんだよ。まずは、この野又美佐子ちゃんだ。これが解決したときによ、彼女も共犯で逮捕されるってことはあるかね？　当然大丈夫ってぇいうふうにしたいんだがな」

月島さん、顔を顰めました。

「何も、知らなかったんですね？」

美佐子ちゃん、唇を結んで、頷いて。

「その後、この手紙によると気づいてからの、下見のための家政婦の仕事は今回が初めて、と」

「そうです」

ふむ、って考えて。

「大丈夫でしょう。もしもこの事件がこのまま解決したのなら、重要な事件解決への協力者ってことになりますから、現場の、いえ私の判断でこれまでのことは不問にしてしまって何の問題もないかと。そもそも上に上げませんから問題にすらなりません」

良かった。そう思っていたけど、本物の刑事さんにそう言ってもらえたら安心だ。

「よし、まずは良かった。そしてこっちが本題の相談なんだが、盗難の現場に来てもらえるかい？　まぁ泥棒の現行犯逮捕ってのは一般人でもできるってぇ話なんだが、そこはそれ、さすがに警察の皆さんにやってもらわないと困るからさ。うちには小さい子供もいるしな」

「困るからさ、ってその通りですけど。いやしかし」

おでこに手を当てて、月島さんまだ手紙を眼にして、それからまた美佐子ちゃんにも眼をやって。

「一応、明日にでも彼女の身元をその施設に照会しても、いやそれはいいですね。えーと秋実さんが間違いなくこの野又美佐子さんは、一緒の施設で育った人であると確認してくれるんですね？」

「もちろんです。間違いなく」

「それから、〈丸五〉の楢崎社長ですか、そして渡邉秘書。この二人にはさすがに明日確認を入れてもいいですか？」

もちろん、と勘一さん。

「まぁ言わずもがなだが、下手に動いて窃盗団に気取られないように頼むぜ。電話で済むんならその方がいいよな」

「それは、もちろんです。警察でございますと会社を訪問したりはしません」

ふぅ、と大きく息を吐きます。

「野又さんが、今日これから正にこの〈サルーザ〉に連絡を入れる。そして、報告をするんですね？　間違いなく盗みの対象である、えーと」

「『フィッツ・ウイッチ・ストーリー』です」

「そう、それはここ〈東京バンドワゴン〉に持ってきた。蔵の中のしまった場所も確認した、と」

「そういうこったな。後は訊かれるままにここの間取りとか、いつ誰がどこにいるとか、訊かれたことには全部素直に答える」

月島さん、考えます。

「それで、ここからそれを奪う日時と方法を、いつになるかはわかりませんが向こうから言ってくるのを待って聞き出して、そしていざ当日に我々を待機させて盗んだところを現行犯逮捕する、という算段ですか」

勘一さん、その通り、と、

「間違いねぇやり方だろう？」

「中止を言ってきたら、どうするんです？　盗みはやめた。野又さんに、お前は適当に家政婦の仕事をしてから戻ってこい、と向こうが言ってきたら」

「そりゃあもう、簡単よ。向こうに乗り込む」

「乗り込む？」

座卓をパン！　と叩きます。

「ネタは上がってんだ。この美佐子ちゃんの証言でな。証拠は無くったって関係ねぇ。この俺がその連中を二度と固いもんが食えねぇぐらいにぶっ飛ばしてくるさ。ついでに手足の二、三本も折ってくりゃあ、もう美佐子ちゃんに手出しはしねぇだろうさ」

「いや、それは勘弁してください。堀田さんを逮捕したくありません」

やりますよきっと、勘一さんなら。そして、できますよ。何だったら我南人さんだって同じぐらい強いです。

「そうなった場合にも、こっちで何とかしましょう。野又さんの証言があれば、ある程度のことはこっちでもできるはずです」

「家宅捜索とかかい？」

「そうですね。そこまでは現状では無理かもしれませんが、我々警察が目をつけたとわかれば、野又さんがえーとこの〈サルーザ〉を離れても、無体なことはしてこないでしょう」

「保証はできねぇけどな」

　そうですよね。

「録音はぁ？」

　我南人さん。

「録音てぇ、なんだいきなり」

「この後にさぁ、美佐子ちゃんが〈サルーザ〉に報告するんだけどぉ、まさかうちの電話を使うわけにはいかないからさぁ、そこの電話ボックスからするんだぁ。だからぁ、これ」

　これ、って我南人さんが持ち上げたのは、いつの間にそこに置いたのか、持ってきていたのか、四角い箱。そこから何かケーブルが付いたものを取り出して。

「警察にもあるんじゃないのぉ？　受話器に取り付けて聞こえるやつ。そのままカセットレコーダーに繋げば録音も出来るやつ」

「あります」

　そんなものを。

「いつの間に用意したんだおめぇ」

「さっきだよぉ。これでレコーダー繋いで会話を録音すればぁ、少なくとも奴らが盗もうとしていたことは証拠として残るよねぇ。盗みが中止になっても強引な家宅捜索ぐらいの材料にはなるんじゃないのぉお？」

　月島さん、うん、って頷いて。

「なります。助かります。それなら野又さんの証言に加えて、仮に中止になっても我々が動いて、間違いなく野又さんの身の安全の保証はできるでしょう」

「わかった。それはそれでよしとしようか。まぁとにかくそいつらを逮捕しなきゃならねぇことは間違いねぇんだ。まずは、こっちからの要請にすぐに応えてくれることを約束してくれねぇかね」

「それは、もちろんです」

大きく頷いてくれます。

「一般市民から危機が迫っていると通報があれば、一秒でも早く駆け付けるのが我々警察官の使命ですからね。まずは、その日が来るまで逐一私に、あ、個人的に連絡をください」

「個人的にですか」

「そうです。囮捜査の進捗とかではなく、そうですね、こうして知り合いになったので今日の出来事なんかを電話でだべっているという具合に」

それは。

「やっぱり囮捜査とかマズイって感じですか」

月島さん、苦笑して。

「囮捜査かどうかに関しては、この段階まで警察官が関与したわけじゃないですから問題ないと思いますが、〈一般市民の協力〉という範囲を大幅に飛び越えてしまっている、というのが、おそらく後々困るかもしれない部分で」

なるほど、そうかも。

「了解だ」

「自宅の番号も教えます。今は、夜はほとんど家に帰っていますので、普通に出られるはずです」

　夜の自宅って。

「月島さん、ご家族は」

　訊くと、苦笑いします。

「独身です。一度離婚を経験していますが。一人暮らしですのでどうぞいつでも」

　素敵な男性だと思うのに、やっぱり仕事のせいですか。それとも性格に問題でもありますか。

「渡した名刺はありますか？」

「あるぜ」

「持ってきます」

　お店の文机のところに貼っておいた名刺。

「はい、どうぞ」

「ありがとうございます。自宅の番号を書いておきます。それから昼間の連絡で、ほぼ直通の席の電話番号とそこにかけても繋がらないときの番号も書いておきます」

「繋がらないときもあるのかい」

「たまにありますね。全員が出払っているときとか、他の連中が出ても話がまったく通じないこともありますから」

「じゃあ、ここにかけると、月島さんに至急！　って言えばすぐに何とかしてくれるってことですか」

そういうことです、と月島さん。

「総務課ですけどね。確実に人がいて、確実に動けますから」

＊

月島さんが、帰っていって。

「まぁこれでとりあえずの準備は整って一安心ってわけだな」

「そうですね」

美佐子ちゃんはここにいるし、何かあったときに月島さんにすぐに連絡がつくようになったし。

「あ、美佐子ちゃんは森夫くんにも電話してね。無事にここで過ごしているからって。何の心配もないし、警察の方も準備が整ったって言っておいて」

「わかりました」

「それはよ、そこの電話を使ってもいいけど、店の電話で話してもいいぜ」

いいですけど、どうして。勘一さん、にやりと笑います。

「バタバタしたけれどよ、森夫くんに別れを告げてから今日初めて森夫くんと会ったんだろ？いろいろ話すこともあるだろうよ」

美佐子ちゃん、ちょっと眼を丸くさせて恥ずかしそうに微笑んで。そうだった。そういう日だったよね。すっかり忘れていた。気が回らなくてごめんね。

「そこのお店の帳場に電話あるから。電気も点けて、じっくり話して」

「すみません」

そうだった。本当に忘れていたけど、あの二人が付き合っているなんて。一緒にいる頃にはどうだったかなぁ。

「私がここに初めて来た頃、ハウスには小学生が六人いたんですよ。その中の二人が、森夫くんと美佐子ちゃんで」

勘一さんに言うと、うん、って微笑んで頷きます。

「基本的に皆仲良しだったんですけどね。誰かが仲間外れとかそんなのもなくて。森夫くんも美佐子ちゃんも大人しい子だったので、まさか将来こんなふうになるなんて」

「まぁそういうもんだよな。そういや、あの頃秋実ちゃんと同じぐらいの男の子ってのはいなかったか？」

「いませんでしたねー」

私とトモちゃんと、そしてキリちゃんがいちばん上の世代で。

「男の子は皆小学生でしたね」

本当に、全員が弟妹みたいな感じで、彼氏とか恋愛とか、なんか私はそんなのまるで考えていなかったな。キリちゃんは違ったんだけど。

美佐子ちゃんが電話を終えたときに、ちょうど藍子と青とサチさんがお風呂から上がってきて。

じゃあ、次に私と美佐子ちゃんとセリちゃんで入っちゃいましょう。

〈サルーザ〉にどうやって報告をするかは、青が寝た後で。

九時過ぎ。前回も、電話での連絡は十時ぐらいだったって。

理由は、向こうの店舗の閉店が午後九時で、それから後片づけやなにやらが終わるのが十時ぐらいだったからって。

〈サルーザ〉にいるのは美佐子ちゃんを除くと五人。

保田社長と、布川副社長、その奥さんの弥栄子（やえこ）さん、そして小林（こばやし）さんに、森（もり）さん。社長と副社長、弥栄子さんはそれぞれ五十代四十代で、小林さんと森さんは三十代の男性。

「じゃあ、あの青ちゃんを見てる人は完璧に窃盗団とは関係ないっていうのが、確定だね」

紺が言います。

「そうですね。あの似顔絵は、うちにいるもう一人の女性、弥栄子さんとは似ても似つかないですから」

さっき見てもらったものね。藍子が描いた似顔絵。念のために確認したんだけど。

とりあえず、川島智美さんは謎の女性のまま。

「お店に出るのは、弥栄子さんと私と森さんです」

話を聞くと、アンティーク販売と喫茶室〈サルーザ〉の雰囲気はとてもいいんだって。お客さんもそこそこ多い。

「仕入れた高い食器とかそういうのも、惜しみなくお店で使っているんです」

そしてお店では美味しい食事と紅茶とか、高い食器に見合うようなものを出している。もちろん、椅子もテーブルも壁に掛かっている鏡とか絵画も、照明も、すべてがヨーロッパ中心のアンティーク。

「確かに、話を聞く分にはとても良さそうなお店ね。しかも横浜ですからね」

セリちゃんが言って。

「やってみたい店の典型的なパターンだよ。俺が古書じゃなくてアンティークの方に興味があれば」

「その通りよな。楢崎社長も言っていたけどよ。保田ってのは才覚ある商売人なんだろうよ。真っ当にそうやって商売をやってりゃあいいものをな」

「でも、古書はマイナーですがアンティークはメジャーで、しかもちょっとしたことで裏側で大きな儲けができる。誘惑に負けそうな部分が多いってのはわかりますね」

拓郎さん。そういうものですかね。

「どんなジャンルでもそうだねぇえ。好き嫌いで勝負する世界ってのはぁ誘惑も多いからぁ気をつけないとねぇ。美佐子ちゃんも将来をその辺で考えるなら、肝に銘じておいてねぇえ」

「はい」

大きく頷いて。

「よし、それじゃあ向こうに報告だな」

誰が一緒に行くかって話したけど、やっぱり私が傍にいる方がいいだろうと。そして女二人じゃあれなので、我南人さんがついてきてくれることに。

さすがに三人で電話ボックスに入るのは傍目(はため)にもおかしいし無理があるので、私が一緒に入って。

我南人さんが用意してくれた機材で、会話を全部聞きながら、カセットテープに録音する。

今夜は何だか妙に夜気が生暖かい。家を出て電話ボックスに入って二人でくっつくようにして、耳を傾けて。

我南人さんが、外に立って煙草を吸いながら辺りを見回している。

「かけるね」

「うん」

横浜の電話番号。百円玉もたくさん用意してある。

「野又です。保田社長ですか」

(おう、ご苦労様。今どこからだい)

これが、保田の声。

確かに、言葉遣いは少し荒いけれども、優しい声。

「〈東京バンドワゴン〉のすぐ近くにある電話ボックスからです。コンビニに行くと言って出てきました」

(そうか。例の荷物は間違いなく持ってきてあるんだな?)

「あります。この目で確認しました。〈東京バンドワゴン〉の敷地の庭には蔵があるのですが、そこにしまいました」

(知ってる)

知ってる?

危ない。思わず声が出るところだった。

「知ってるんですか」

(〈東京バンドワゴン〉ならよく知ってるんだ。何度も店に行ったことがある。裏に回って蔵があるのも確認してる。蔵の中に入ったのか?)

「入りました。本を、『フィッツ・ウイッチ・ストーリー』を置いた場所も確認しました」

(どこだ)

「正面入口を入ってまっすぐ奥に向かいます。壁に格子戸の棚があって、そこにしまいました」

(オッケー、入口入ってまっすぐだな。棚に着くまでに何か他の物があるのか)

「畳一畳ぐらいの大きさの、作業台のようなものがあります。その向こうです」

(わかった。家族構成は?)

「九人います。ご主人と奥様、その息子の我南人さんはご存知ですね?」

(もちろんだ)

「我南人さんの奥様、その子供が三人、中学生と小学生と幼稚園児です。そして住み込みで店を手伝っている男性と女性。どっちも三十代です」

うん、って向こうで何か考えている。

(予想通りだな。長話して何か不審がられてもまずいからな。また明日電話してこい。店の様子と蔵の様子を朝昼晩確認だ。特に蔵が開いている時間、そこに人がいる時間だ。そこんところは特にチェック。あと、庭の様子と、人の出入りもな)

「わかりました」

（それから、すぐにやるぞ）

「すぐって、いつですか」

（今度の日曜だ）

日曜日!? 全員がいるのに？

今日が水曜だから四日後？

「そんなに早くですか」

（四、五日経って馴染んで君の存在が空気になるちょうど良い頃だ。どうやってやるかは明日にでも教える）

「わかりました」

電話が切れる。

美佐子ちゃんと顔を見合わせてしまった。

「日曜日」

「早いわね」

まぁ、早いに越したことはないんだけど。

「あ」

レコーダーの電源を切って。

「早く皆に聞かせましょう」

カセットテープはダビングしておこうって我南人さんが言って、それをしながら皆で会話を聞いて。

「うちを知ってるって言ってましたよね」

サチさん、真剣な顔で。

「まぁ予想通りだろう。古書泥棒のくせにうちを知らねぇんならモグリだってな。よく知ってても店に来ていても別に不思議じゃねぇさ」

「だよねぇ。そしてかなり有能っぽいねぇ。美佐子ちゃんの存在が四、五日で空気になる頃だとかぁ、そういうことがよくわかってるよねぇ」

「確かに」

拓郎さんも頷いて。

「どうやるかももう決めているってことは、この保田はうちに盗みに入ることを、『フィッツ・ウイッチ・ストーリー』に関係なく以前から考えていたんじゃないですかね」

「そうなの？」

藍子も紺も驚いて。

「それも、驚くことはねぇな。盗んで大金になる古書を置いてある店なんざそうはねぇ。個人宅であるコレクターを狙ったのも、うちみたいな店だと四六時中人がいるから、そう簡単にはできなかったってことだろうさ」

「でも、この電話の様子はかなり自信がありそうですよね」

セリちゃんが、不満げに。

「たぶんだが、美佐子ちゃんが入って蔵のどこに品物があるかがわかったからだろうな。それさえわかれば、別に金庫ってわけじゃねぇんだ。扉が開いていて、人がいないときにさっと入ってさっと一冊持っていく。時間にして十秒も掛からねぇ」

「そういう方法を、うちを下見してぇ、それこそ庭の様子もそこの道を通りすぎながら予め考えていたんだろうねぇえ。頭の良い男だよぉお」

そういうことになるんですね。

「ま、何にせよ今度の日曜日に来てくれるってんだ。あっさり片づきそうで大助かりってもんだ。秋実ちゃん、さっそくこのテープを月島さんの自宅に電話して聞かせてやってくれよ。たぶん、証拠として保存したいっていうだろうからダビングもな」

「もうしてあるよぉお。月島さんのはねぇ。それとぉ、楢崎さんにも聞かせた方がいいんじゃなぁいぃ？　写真で確認したとはいえ、声も聞かせてさらに本人だって確認できれば。電話の声なんて、大人の男は何十年経っても変わらないよねぇ」

あ、そうですね。

「そうすっか。じゃあそれは俺がしておこうか。会社にかけるより自宅の方がいいだろうからな」

そうしましょう。こういうときに自宅に二台も電話があるのは便利ですよね。

二

窃盗団が盗みに入ろうとしていても、謎の女が相変わらず紺と青の登園しているところを見ていても、陽が昇って朝がやってくる。

　いつものように、堀田家の朝。

　違うのは、隣に寝ていたのは我南人さんじゃなくて美佐子ちゃん。美佐子ちゃん、疲れていたんだよね。それはそうだよね。

　昨日は怒濤のような一日だったよね。私が起きてもまだぐっすり眠っていて、寝顔はもう可愛かった小学生の頃のままで笑っちゃった。

　寝かしておきましょう。

　知らない人がやってきて家に泊まっているのを、玉もノラもわかってるのよね。二匹とも古本屋の猫なんだからお客さんが店に出入りするのをわかってるし、全然物おじも人見知りもしない。昨日、廊下まで来てこの部屋の様子を窺っていたものね。

「おはよう、玉、ノラ」

　にゃおんと、玉。さ、朝ご飯作りますよ。

「おはよう、秋実ちゃん」

「おはようございます。美佐子ちゃんはまだ寝てます」

　サチさん、頷いて微笑んで。

「それはそうよ。疲れてるわよ。本当に昨日はとんでもない一日だったわけじゃない。好きなだけ寝かせておいてあげましょう。朝ご飯も取っておいてあげればいいわ」

「そうしましょう」

　いつもは開いている仏間の襖の向こうには我南人さんと拓郎さん。来るのが日曜ってわかったけれども、ひょっとしたら頭の良い奴らだから裏をかくかもしれないって、昨日はそのまま交代で起きている態勢を取ったはず。

別に美佐子ちゃんを疑ったわけじゃなくて、逆に美佐子ちゃんが自分たちを騙したかもしれないって向こうが判断したとして、の話。

私が美佐子ちゃんと同じ施設で暮らしたことは結局教えていないし、そこまで向こうが考えるとは思えないけれど、念のため。

「おはようございます」

仏間から起きてきたのは拓郎さん。

我南人さんが朝まで起きていたのね。

やっぱり美佐子ちゃんは起きてこないので、二人を寝かせておいて、他の皆が揃ったところで朝ご飯。

「今日もあの川島さん、いるかどうか確認する？」

「しておこうな」

「もう何してるのか直接訊いた方が早くない？」

「まぁなぁ、かといって、見てただけとか、見てませんって言われたらそこまでなんでなぁ」

そうなのよね。

「窃盗団が来るのにそっちを放っておくのもイヤよね」

セリちゃんが言うと拓郎さんが。

「我南人さんが、ちょっと見てくるって昨日言ってましたよ」

「我南人さんが？」

「何を見てくるんだ」

「あの川島さんの前の住所のところを。そこをちょっと調べてくるから、皆は心配しないでいいよぉお、って」

前の住所ですか。

皆がちょっと首を捻ったけれどサチさんが。

「そこに、彼女の自宅があるってことも考えられるわね。そうしたら、そこにご家族がいるのかもしれないし」

「そうさな。じゃあまぁ我南人に任せようぜ。あいつがいちばん好き勝手に動けるんだからよ。藍子と紺は、青の登園のとき。そして迎えにいく奴は引き続き注意してみるってことだ」

「そうですね」

何も起こっていないので、どうしようもないから。


何事もなく、普段通りの一日が過ぎていって。

美佐子ちゃんは昼前にどたどたと慌てて二階から下りてきて謝っていて、我南人さんはいろいろ調べてくるよぉ、って出かけていって。

せっかくだからって、美佐子ちゃんに青を迎えに行ってもらう。私は後ろから尾いていって〈トマトアパート〉を見たけれど、窓に人の姿はなかった。

青が美佐子ちゃんと一緒に元気よく家の中に入っていったら、勘一さん。

「秋実ちゃん、月島刑事さんがよ、今夜遅くに来るそうだぜ」

「遅くにですか」

「どうやるかは今夜伝える、だったろう？　それを聞くために十時過ぎに来るそうだ。もしも電話してる最中にそこを通ってしまったら申し訳ないってさ。驚かないでくれとよ」

「わかりました」

何かお茶菓子でも買っておきましょうか。

「みさこちゃんも、くらでほんいっしょによむ？」

「うーん、美佐子ちゃんはね」

「いいぜいいぜ。青と一緒に蔵にいなよ。別に仕事はねぇんだから、拓郎に蔵の様子をいろいろ教えてもらってくれ」

「はい」

青は、新しいお姉さんが嬉しいんだよね。何かあったら呼ぶから蔵でのんびりしていて。あそこって、薄暗くて居心地がいいんだ。寝不足のときにいるとすぐに寝ちゃうんだけど。

夕方になって、藍子も紺も帰ってきて。二人ともわざわざ〈トマトアパート〉の前を通ってきたけれど、やっぱり姿はなし。

我南人さんも帰ってきたけれども。

「前の住所はぁ、ただの賃貸マンションだったねぇぇ」

「マンションか」

「あたりまえだろうけどぉ、一階に郵便受けが並んでいたけど、川島智美の名前はなかったよぉ」

むぅ、って勘一さん唸って。

「それ以上は、探偵でも雇わねぇとどうしようもねぇな」

「そういうことだねぇ。もうしばらく様子を見ようよぉ」

我南人さん、そう言ったけど何か含みがあるようにも感じたけど、気のせいかな。そんなことで嘘をつくはずもないかな？

＊

夜。美佐子ちゃんと、そして今度は拓郎さんが一緒に来てくれて、電話ボックスに二人で。なんだか美佐子ちゃんとこうしてこんなことしてるのが楽しくなってきちゃったけど、不謹慎ってものよね。

電話。

録音スタート。

「野又です」

（ご苦労さん）

保田社長の声。優しそうなのが妙に気にくわないわ。

（蔵の中に入る人間の数はどうだ？）

「平日は、ほとんど一人です。店員の男性。古書の補修などをしています」

（その他には？）

「子供が、幼稚園から帰ってきたらその男性の傍らで本を読んでいる程度です。それは一、二時間程度」

（その他に人は入らないのか？）

「訊いてみましたけど、蔵から本を出し入れするのはほとんどその男性です。その他の人は、掃除をするときとか、よほどの用がなければ平日には」

（わかった。間取りは？　庭に面して居間があるように思ったが？）

「そうです。庭に面して縁側があってそこに居間があります。斜め向かいに離れがあって、それがちょうど蔵の向かい側です」

（あぁ、あそこな。離れだったのか。繋がっているのか？）

「廊下で母屋と繋がっています」

（家の横の道を入るとそこから庭に入って蔵に行けるのは知ってるが、蔵の横の垣根の向こうはどうだ。通り抜けできるのか）

「蔵の横に豆腐屋があってその横に抜ける道があります。その向かい隣には民家があって、その横も通り抜けできます。つまり、蔵に入ってから出ていける道は三ヶ所ですね」

（いいぞ、ちゃんと調べてるな。地図も手に入っているがそこは間違いなく抜けられるんだな？）

「抜けられます」

抜けられるわよ。

（よし、わかった。日曜日の手筈（てはず）だがな）

「あの、どうして日曜なんですか？　子供たちも全員いますけど」

そう、それを聞きたかったの。

（その方が都合いいんだ。いいか、時間は午前九時だ）

早いわね。

（〈東京バンドワゴン〉の前の道路は通勤通学の連中が多いんだ。だから、会社や学校が休みの日曜のその時間がいちばん人通りが少ない）

ちゃんとわかっているんだ本当に。

（午前九時ぐらいに、そこの道路の両方から軽自動車が走ってくる。運転するのは小林と森だ。狭いから普通はどっちかがバックして通してから走るが、二台は〈東京バンドワゴン〉の目の前で正面衝突する）

「えっ」

思わず私も声が出そうになったけど、堪えた。

（そう、そうやって驚いて、〈東京バンドワゴン〉の全員が出てくるだろう。母親は子供を守ろうとするだろう。つまり全員が外に出るかそこの道路に注目する。当然蔵の中にいる男も何事かと出てくる。事故っていうのは、そこだけ時間を止めるんだよ。そこで、俺が裏から入って盗む。布川と弥栄子がそれぞれの抜け道で待機している。誰かに何かあったら盗んだ本を受け渡してそのまま立ち去る。もちろん、小林と森は、そこでしばらく痛がってもらってずっと〈東京バンドワゴン〉の連中を引き付けてもらう。そういう手筈だ）

何というやり方。

「本当に怪我してしまったら」

（しないよ。しても軽傷だ。無事に運び出したら、君はしばらくそのまま残っていていい。ちゃんと仕事をして信用されてもいいし、疑われそうだったら逃げ出してもいい。何だったら車の騒ぎのときにそのまま抜け出してもいい。任せる）

任せるって。

何て不親切な。

美佐子ちゃんのことはどうでもいいって思ってるわね。

「九時ぐらいなんですね」

（車はレンタカーだからな。道が混んでいたりしたら多少の遅れはある。大体、九時ぐらいがめどだ）

「わかりました」

電話を切って。

美佐子ちゃんが、顔を顰めて、これは怒っている顔。

「とんでもないことですよね」

本当に、とんでもないわ。

＊

「夜分すみません」

裏玄関に、月島刑事さんの声。サチさんが出ていって迎えました。

「失礼します」

月島さん。今日は革ブルゾンにジーンズ。なかなか若めのファッションですね。

「おう、済まないね」

「いいえ。どうでしたか」

座卓につきます。

「バッチリだ。ちょうど今皆で聞いたところ。もう一度聞くぜ。あ、これダビングしたテープな」

「ありがとうございます」

もう一度皆で聞きます。

「どうだよ。警察官の感想としては」

月島さん、唇を歪めながら、嫌そうな表情を見せて。

「泥棒のことを褒めたりはしませんが、スマートなやり方ですね。できるだけ罪を重ねないように犯罪を行うという」

「単純だが、上手いよな。確かに車が店の前のそこんところでぶつかりゃあ、そりゃもう全員が見に行くぜ」

「〈事故っていうのはそこだけ時間を止めるんだ〉っていうのは名言ですよね。確かにそうですよ。こいつ、何度かそういう手口でやってますよね」

本当にそう思う。

誰が店にいても、そうしてしまう。

「蔵にいても何が起こったかって、間違いなく飛び出していきますね」

拓郎さんも。

「でも、救急車や警察も呼ぶよね？　拙くないの？」

紺が言って。

「いや、それも却って好都合なんだろうさ。まさか警察も来ているのに、それが盗みに入るきっかけなんて誰も思わねぇだろうからな」

「そうかー」

「道が狭いことを利用するといい、人通りが少ないときにやることといい、本当に考え抜かれてるわね。この男相当前からうちを狙っていたんじゃないのかしら」

セリちゃんが言ってサチさんも。

「でも、通行人に怪我させないように、って考えているところは、優しいわね」

サチさん言いますけど。

「それは単純に、捕まったときに罪が増えないようにでしょう。優しいなんて思ってはいけません。相手は、泥棒です。犯罪者です」

その通りです。

「でもぉ、それならぁ、こっちのやることは簡単だねぇ親父」

おう、って勘一さん。

「裏で見張ってる三人から、さらに見えないところでこっちは見張ってりゃあいいんだ。保田も言っていたように、蔵から逃げ出そうとすると、方向的には三つしかねぇからな」

「うちの裏玄関のところとぉ、裏の杉田さんのところとぉ、田町さんのところの路地だねぇ」

「そうよ、そこに人を置けば、八方塞がりだ。屋根に跳び上がれる奴ならどうしようもねぇがな」

そんなのスパイダーマンぐらい。

「うちの縁側から飛び込んで家を突っ切るって手もあるけど」

藍子が言うけど。

「それこそ、飛んで火に入る夏の虫よ藍子。家に入ってきたら誰かが捕まえればいいだけよ」

「おう、秋実ちゃんのサマーソルトキックが火を噴くってもんだな」

そんなことしません。

「我々が、待機します」

月島さんが。

「ここまでわかったんですから、皆さんを危険な目に遭わせるわけにはいきませんからね。うちの人員を手配します。六名はいますから、取り逃がすことはないでしょう」

「ありがたいが、隠れていなきゃならないだろう。朝の九時に車がやって来るってことは、その前から他の三人は、うちの周りでこそこそ待ってるわけだ。ってことは、刑事さんたちが朝からぞろぞろやってくるのは、そりゃあ拙い」

「頼めばいいよね？　杉田さんと田町さんに」

紺が言って。

「何を頼むの？」

「前の晩から刑事さんたちを泊めてもらえばいいんだよ。もちろんうちにも。杉田さんところに二人、田町さんところに二人、うちに二人。これで六人」

頼んじゃう。刑事さんを泊めてくれって。

凄い考えだけど、でも頼めない間柄じゃないものねうちと杉田さん、田町さんは。本当に仲良しのご近所さんだから。

「正解だな」

「いいんですか？」

月島さん驚くけど、大丈夫よ。

「それこそお互いに先々代からの付き合いだよ。頼めばなんとかしてくれる。それと、店の前では、新の字のところの若い連中に来てもらおうぜ。三、四人もいればいいだろ。車に乗ってきた二人が逃げ出さないように、隣の物置に潜んでもらってな。月島さんはそこんところの交番には顔を出したことあるかい？」

「いえ、そこにはまだ」

「うちとは馴染みだからよ。その時間にパトロールに来てもらえばいいさ。それで車に乗ってきた連中も騒げないだろう」

まさしく一網打尽。

「あとはぁ」

我南人さん。

「その軽自動車が来るのを、確認できるところに誰かがいた方がいいねぇ。九時ごろって言っても、確かに遅くなっちゃうこともあるだろうからぁ、来た！　っていうのがわかれば準備もしやすい、身構えて飛び出しやすい」

「そりゃそうだな」

「え、でもどうやって連絡するの」

狼煙(のろし)でも上げる？

「トランシーバー、あったよねぇ町会の物置にぃ。祭りのときに使うやつぅ」

「あったな」

「あれを誰かが持ってぇ、〈曙荘〉の玄関から見てればいいよぉ。あそこなら全部見渡せるからぁ。車が両方から来たらスイッチを押せばいいんだぁ。何も話さなくてもいいよぉ」

うん、って紺が頷いた。

「ザッ！　ていう音が聞こえるからね。それで来た！　って皆がわかる」

「その通り」

＊

土曜の夜。

準備万端。

杉田さんところには石川(いしかわ)さんと近藤(こんどう)さん、田町さんところに曾ヶ端(そがはた)さんと西田(にしだ)さん、うちに月島さんと最上さん。

六人の刑事。

七人じゃないのねって思ったけれど、実はもう一人茅野さんって名前の刑事さんがいるんだけど、今怪我をしていて療養中なんですって。そしてその刑事さんが前に言っていた古本好きの刑事さんですって。

それぞれに普通の格好で、夜に知り合いの家を訪ねてきましたーって感じで入ってもらった。

田町さんとも杉田さんとも電話で連絡し合って話して、準備オッケーよって。

全部終わったら本当に皆さんにきちんとお礼しなきゃ。田町さんはドラマみたいだってすごく喜んでいたけど。

新さんのところの若い人も、かなりガタイのいい板倉兄弟と星野くん。物置と言ってもきちんとしてあるから布団も敷けるのでそこに泊まってもらう。ちゃんと朝ご飯出しますから。

森夫くんにも、そして楢崎社長にもすべてを連絡済み。

朝、間に合うように車で来て、祐円さんのところの駐車場で待っていてもらう。電話すれば走って一分だから。何だったら自転車貸すぞって祐円さんが言っていた。

最後の向こうとの電話も、何事もなく終わった。

ちゃんと録音してきた。


(明日の九時頃だ。間違いなくやる)

「朝早いですけど、軽自動車で来るんですか？」

（いや、もう小林と森は東京にいる。借りるのは東京でだ。俺たちは朝イチの電車で向かう）

「わかりました」

（特に変わったことはないだろうな。明日家の者が出かけるとかそういうのは）

「ないです。皆が家にいるはずです」

（わかった。あぁ、もしも、九時前に何かが起こって蔵を閉めてしまうようなことになったのなら、何としてでも開けてくれ。自分で開けられるのならそれでよし。開けてもらわなきゃならないようなら、蔵の中に腕時計を置いてきてしまったとか、そんなんでいい。大丈夫だよな？）

「できます。蔵の開け方も教えてもらっています」

（それじゃあな。上手くやってくれ）


「何もかも、問題なしだな」

その録音テープを聞いて、勘一さん。

月島さんと最上さんも頷いている。

てっきり男の人だと思っていたんだけど、最上刑事は女の人。しかも、私と同い年。いろいろ話し込んじゃった。

それで今夜は最上さんは私と美佐子ちゃんと一緒に寝て、月島さんは仏間で我南人さんと一緒に。

「ここまで上手く行くと気持ち悪い気もしますが」

月島さんが言うけど、確かにそう。

「日頃の行いが良かったんだと思おうぜ。それでだ、明日の動き方、大人数だからフォーメーションとでも言った方がいいか。確認するぜ」

いざ車が目の前で衝突したときの、それぞれの動き方。

その時間にはもう〈サルーザ〉の連中が、うちの周りに潜んでいるんだから、気取られないようにしなきゃならないから。

田町さんと杉田さんのところの刑事さんたちは、ひたすら玄関で待機。

あそこの二軒の玄関はガラス戸じゃないから、潜んでいても影が映ったりしないから大丈夫。

「拓郎は朝からいつも通りに蔵だな」

「オッケーです」

「俺はもちろん、帳場だ」

「いつも通りにお茶を飲んで、ですね」

おう、って勘一さん頷いて。

「セリちゃんは台所に待機だな。そしてサチは居間で電話番だ」

「わかってるわ」

「藍子と紺は二階だ。絶対に外を見たりするなよ」

「大丈夫」

「皆は、窓もねぇ暗いところで申し訳ねぇが、物置で待機な」

「大丈夫っすよ」

新さんのところの若い人、板倉兄弟と、星野くん。

「我々は、縁側の外から見えない戸袋のところで待機、ですね」

「そうなるな。問題は玉三郎とノラだな」

「あぁ、そうよね」

刑事さんたちが戸袋のところで待機していたら、何してるの？　って寄っていくかも。

「可哀相だが、どっかの部屋に入っててもらおう」

「僕たちが連れていくよ」

青をどうしようって話になった。青はいつも蔵で本を読んでいるって言ってしまったから、そうしようって。

その代わりに、拓郎さんが蔵を飛び出すときに一緒に出て、すぐに紺が迎えに行って店から外を見る。藍子も同じ。

そして、車がぶつかったら、すぐに勘一さんも拓郎さんも、サチさんもセリちゃんも玄関から外へ出ていく。

「私は、どうしましょうか」

「美佐子ちゃんは、家の中にいてもしもあいつらと顔を合わせても拙いだろうし、かといって家の前に飛び出すのもなんだ」

「店の中にいましょう」

サチさん。

「勘一の後ろについていればいいわ。何があっても守ってくれるから」

「おう、そうしよう」

勘一さんにかかれば誰も彼も一捻りだから。

私は、トランシーバーの係に立候補。

だって、いつ来るかまだ来ないかって家の中で待っているのに、耐えられそうもないから。

家でトランシーバーを持っているのは、我南人さん。

私がトランシーバーを鳴らしたら、すぐに刑事さんは無線で連絡を取り合う。

それで、全員が〈車が来るぞ！〉ってわかる。

態勢を整えられる。

「よし、そういうこった。わくわくして寝られねぇなんてことにならないようにな」

*

日曜の朝。

いつも五時半に眼が覚めるのに、起きたらまだ五時。外が明るくなっているのはわかるけれど、いつもより薄暗い。

「おはようございます」

最上刑事。起きちゃった？　美佐子ちゃんも眼を開けた。皆、興奮していて起きちゃったのかな。

起きてきて台所に集まったサチさんもセリちゃんも、そして私たちも何故か皆がひそひそ声になっているのを、いやそんなひそひそ話さなくたっていいでしょうって、笑ってしまった。

「なんか、つい、ね」

「そうですよね」

今頃きっと田町さんところも、杉田さんところも起きているはず。いや杉田さんはお豆腐屋さんだからもっと早いんだった。でもさすがに刑事さんたちをそんなに早くに起こしていないと思うけど。

いつも六時半には朝ご飯を始めるので、いつも通りに。今日はご飯に、お味噌汁は豆腐とわかめ。ベーコンをカリカリに焼いて一緒にソーセージも焼いて目玉焼きと合わせて、カボチャの煮物は昨日の夜も食べたもの、ほうれん草の白あえを作って、あとは常備菜のきんぴら牛蒡と切り干し大根。杉田さんのところの胡麻豆腐も。

申し訳ないって月島さんも最上さんも恐縮していたけど、田町さんと杉田さんところはもっと豪華かも。

「日曜でも、いつも通りに七時過ぎには店を開けるのですか？」

「開けるぜ。日曜の朝から出勤する人たちだっているからな」

数は圧倒的に少ないですけどね。それに、いつも通りにしなきゃ変に思われても困るから。

朝ご飯が終わっても、月島さんと最上さんは縁側や窓から見られないように仏間でひっそりと隠れていて。その他の私たちはいつも通りの朝を過ごすようにしていて。

開店して少し経ったら、二階に行っていたはずの紺が下りてきた。何故かスケッチブックを持って。

「あのさ」

「どうしたの」

声を小さくしてる。

「もう、来てる。たぶん〈サルーザ〉」

「来たの？」

「見たのか？」

「見られてる。視線を感じた」

この子ったら、本当に。

「さっきわかったんだ。それで、藍ちゃんに屋根裏に上ってもらって、空気穴から見て似顔絵描いてもらった。美佐子さん、確認して」

美佐子ちゃんが慌てて店からやってきて。紺が座卓の上に置いたスケッチブックには、ササッと描いた感じの人物画。明らかに上から描いた構図。屋根裏からなら、確かにこんな構図になるかも。納戸から屋根裏に入ったら空気穴から見えるものね、外が。

三人。

月島さんと最上さんも仏間から出てきて、見た。

美佐子ちゃんが、大きく頷いた。

「間違いないです。このスーツ姿の男は保田社長、この眼鏡の男が布川副社長で、このスカートの女性が弥栄子さんです」

何を着ているのかがはっきりわかる。

「バレてないだろうな？」

「大丈夫だよ。ちょっとの間しか見なかったし」

勘一さん、よし、って頷いて。

「コピー取ろう。サチよ、回覧板に使うバインダーあったよな」

「あるわよ」

「それに挟んでよ、さも回覧板届けるみたいにして田町さんところへ持ってけ。杉田さんところにはファックスあるから送ろう。そうした方がいいよな?」

月島さん、頷いて。

「服装の様子がわかるだけで、助かります」

紺も藍子も、本当に凄いわ。将来二人で探偵事務所でも開いたらどうかしら。姉弟探偵って今までにないパターンじゃない?

後は、九時になるのを待つだけね。

＊

八時五十分頃から、〈曙荘〉の玄関のところで待った。ここの玄関先は広くて前庭とまではとても言えないけど、椅子とか置いてあって住人の皆が溜まってお喋りできるようになっているの。すぐそこの私たちのことは住人の皆さんは知ってるし、ちょっとここで人を待たせてもらっているとでも言えば、誰も何も言わない。

人通りはほとんどなくて、いつもの日曜日の我が家の周り。

ちょっと柄にもなく緊張してた。

そして。

（来た！）

白の軽自動車。車なんか滅多に通らないから、すぐにわかる。反対側からも、入ってきた。

スイッチを、押す。


わかっていたのに。

知っていたのに、驚いてしまった。

だって、車同士の事故なんかを見るのは初めて。

来た！　と思ってすぐにトランシーバーのスイッチを押した。

その十秒後ぐらいに、想像以上に大きな音が、聞いたこともない鉄の塊がぶつかる音がうちの前に響いて、誰かの大声が聞こえてきて。

きっとぶつかった一瞬、眼を閉じてしまっていた。

だから、気づかなかった。青がうちの裏側から何故か飛び出してきたのが。

あっ、と思った瞬間に。

「危ない！」

女の人の声が響いて、青をかばうように後ろから抱きかかえて私の手元に押し付けるようにして。

次の瞬間に何かが飛んできてその人にぶつかるのが、わかった。

くぐもった声が聞こえた。

そのぶつかった衝撃は、私の身体にも少し伝わってきた。

道路に転がったのは、自動車の、何かの破片。

壊れて、ここまで飛んできた!?

「大丈夫ですか!?」

慌てた。

女の人は一瞬痛そうな表情を見せたけど、すぐに顔を上げて。

「あ、大丈夫、です」

その顔は。

あの人。

青を見ていた人。

川島智美さん。

ぶつかったのは、ライトの破片だってわかった。大丈夫、ぶつかっても刺さったりするものじゃなさそうだしそんなに硬いものでもない、はず。

「ありがとうございます！」

「大丈夫ね？　ぶつからなかったよね？」

川島さんが青に言って、青は全然平気な顔をしてる。何事もなかったって。

「へいきだよ。おばちゃんはいたくなかった？」

ちゃんと何が起こったかはわかったのね。

「うん、大丈夫。ありがとね」

「あの！」

立ち上がろうとする川島さんの腕を、思わず摑んでしまった。

「川島智美さんですよね？」

驚く顔。

「どうしたのぉお」

「我南人さん」

いつの間にか、裏路地から我南人さんが来て傍らに立っていた。

「青を助けてくれたの。この人がかばってくれてなきゃ、飛んできた車の破片で青は怪我していたかも」

「そうなんだぁ？」

驚く顔。

「我南人さん、あっちは？」

〈サルーザ〉が、保田が蔵に盗みに入っているはず。

「わかんないけどぉ、刑事さんに任せておけば大丈夫だよぉ。僕たちがうろうろしてたら邪魔だしねぇ」

刑事さん、って言葉に、反応した。

「川島智美さんだよねぇ、看護婦のぉ」

「どうして」

川島さんのくぐもった声。

「それを。私を知ってるんですか」

「青を助けてくれてぇ、ありがとうねぇぇ。その破片が飛んできてぶつかったのぉ？　危なかったなぁ怪我とかはないぃ？」

「ない、です」

「身体が動いちゃったんだね？　こんなものが青にぶつかるって気づいて、思わず。さすが看護婦さんだねぇ。命を守る人たちだよねぇ」

我南人さんが言うと、川島さん、大きな溜息をついて。

そして、頷いて。

向こうで騒ぎが起きている。

近所の人たちが皆家から出てきていて。

新さんのところの板倉兄弟と星野くんもいる。

車を運転していたはずの〈サルーザ〉の二人。

小林と森だったっけ。たぶん逃げようとしたけれど、板倉兄弟と星野くんに邪魔されて、逃げられなかったんだきっと。

あ、制服のお巡りさんも来ている。

あれは交番のお巡りさんだ。

「とりあえずぅ、大丈夫かなぁ。あ、紺」

紺が走ってきて。

「青ちゃんが飛び出して行っちゃった！　ごめん！」

「紺、向こうは？　蔵には？」

「大丈夫！　本を盗んだ男を刑事さんたちが取り囲んでいた。男女三人いた。三人とも逮捕されたよ。成功！」

　そう言ってから、紺の眼が大きくなった。

　気づいたんだ。この女の人！　って。

「紺ぅ、僕はねぇえ、ちょっと出かけるからぁ後は頼むねぇって皆に言っといてぇ。あ、秋実と青も一緒に行くからぁ。戻るまでちゃんと待っててねぇって美佐子ちゃんにもね。あ、刑事さんたちは別に待ってなくていいからね」

「わかった」

　紺がちょっと心配そうな顔を見せて。

「青ちゃんも一緒で、大丈夫なんだね？」

「大丈夫だよぉ。新ちゃんところの皆にもサンキュって言っといてぇえ。後でお礼に行くからって」

「わかった」

　きっと何もわかってないけど、お父さんのすることなら間違いないんだろうって。そう思ったんだよね。

　今、私も何もわかっていないんだけど。

　我南人さん、静かな眼で川島さんを見る。

「ずっと青を見ていたんだよねぇ、看護婦の川島智美さんはぁ。バイクショップ〈スピード〉からやってきてぇ」

バイクショップ？

川島さんは驚くようにして、また、今度は小さく頷いて。

「ごめんなさい」

消え入るような声で。

ごめんなさい？

「私は、この子を、青ちゃん、ごめんなさい」

何を謝るの？


川島さんは、ジーンズ地のジャンプスーツに、赤い革のウエストポーチをしている。そこから何かを取り出した。

封筒？

手紙？

それを、我南人さんに渡して、我南人さんは中から紙を取り出して見ている。静かに、頷いている。

それをそっと私に見せた。

青には見えないように。

〈青を誘拐した。一千万用意しろ。警察を呼ぶと全部わかるぞ。後で連絡する〉

思わず口を押さえた。

誘拐!?

青を!?

どうして!?

「機会を窺っていたってことだよねぇえ。青がいつ一人になるかとか、何時に帰ってくるかとかそういうのをぉずっとずっと待って、調べていたんだぁ」

「そうです」

それで、ずっと見ていたんだ。

「じゃあ、今、青を追いかけて飛び出して来たのも」

わからないところで青を見ていたから。

それなのに、思わず助けてしまった。

我南人さん、どうしてそんなことがわかったの。今、何もかも僕は知ってるよぉって感じだった。

我南人さん、大きく頷きます。

「ちょっと一緒に行こうかぁうちの車でぇ。借り物の車だけどねぇえ」

借り物の車って、楢崎社長のピックアップトラックで?

いつ鍵を持って出たの?

そしてどこへ行くの?

どうして青も連れて行くの?

ピックアップトラック。我南人さんが運転して、私は助手席に。後ろに川島さんと青。青は、車好きだから乗っているだけでご機嫌。

「青ぉ、これ読んでていいよぉ」

珍しく肩に薄い布の鞄を掛けていると思ったんだけど、そこから取り出したのは『不一魔女物語』。

「え、いつ持ってきたの我南人さん」

「さっきだよぉ」

さっきって、いつ。

「どっちの？」

ハウスにあった二冊を一冊にする作業はもうほとんど終わっているって拓郎さんは言ってた。だから、今うちの蔵には二冊の『不一魔女物語』があるはずなんだけど。

「たぶん、元からうちにあったものかなぁ」

「たぶんって」

青が喜んで後ろで本を開いているけれど、まぁ、大丈夫ね。

川島さんは、優しい目で青を見ている。本当に優しい瞳。雰囲気。看護婦さんだからかな。慈愛に満ちた母親のような瞳。

でも、青の母親じゃないって我南人さんは言った。

「本を読んでいる青は夢中だから、たぶん話は聞こえていないと思うけどぉ、聞かせたくない言葉や事実は、ぼかして喋ってねぇえ」

聞かせたくないっていうのは、そうね、誘拐とかそんな単語は聞かせたくない。我南人さんはハンドルを握って。まだどこへ行くのかも聞かされていないけど。

「本当に僕はぁ、川島さんのことはわからなかったんだぁ。でもねぇ秋実。僕はたぶん一度だけぇ会っているんだぁ」

「一度だけ？」

「顔も見ていないんだけどねぇ。川島さんはぁ、僕の顔を見たんだねぇ？　そして我南人だってわかっていたんだねぇ？」

川島さんが、小さく頷いた。

どういう状況で？

「でもぉ、看護婦さんって聞かされたときにねぇ。そして産みの母親じゃないかって皆に言われたときに、何か引っ掛かったんだよね」

看護婦さん。

産みの母親。

あ。

赤ん坊を一人で産めるはずない。必ず医者か助産婦さんか看護婦さんが。

「川島さん。まさか」

川島さんが、静かに眼を伏せた。顎が動いた。

青を、取り上げた人。いちばん最初にその手に抱いた人。

それが、川島さん。

「たくさんの赤ちゃんをこの手にしてきました。私は、助産婦です。看護婦の資格も持っていますけど」

そうなんだ。

「その赤ちゃんは、そのときにはもちろん今の素敵な名前はついていませんでしたけど、今まで私が取り上げてきた赤ちゃんの中でも、いちばん美しい赤ん坊でした。忘れられませんでした」

そうよね。私もきっとそうだと思う。

「もう着くよぉ」

我南人さんが言った。車の外は、どこかの邸宅のようなところ。

「ここは昔の華族のおうちだったとかのところだねぇ。今はよくロケとかに使われるんだぁ」

「ロケ？」

「今も、中で映画の撮影をやってる。中には入れないし、車から降りられないけどぉ、ここから家の中が見えるよねぇ」

邸宅の脇を走る坂道の途中に車は停(と)まった。中を見る。

窓のところに、女性。美しい女性。外にはたくさんのスタッフみたいな人たちがいるし、カメラもある。

窓が、開いた。

そこに立っている女性。

「え？」

池沢百合枝さん。

銀幕のスター。

「池沢百合枝さん？」

我南人さんを見た。小さく頷いた。

「彼女が、母親だよぉ」

ちらりと後ろを見た。青の方を。

池沢百合枝さんが、青の産みの母親。

「そうだね？　川島さん」

川島さんも、頷いた。

川島さんは、池沢さんから青を。


我南人さんはまた車を発進させて。

びっくりして、何も話せなかった。池沢百合枝さん。映画の中の大スター。もう日本を代表するといっても過言じゃない大女優。

何年か前、初めてテレビドラマの主演をやったときには、すごい大騒ぎになっていたっけ。清楚(せいそ)で、でも艶(あで)やかで、美しいの一言しか出てこないあの人が、青の母親。

納得しちゃった。

そうでなければ、青のあの天使のような美しさに説明がつかない。びっくりした。本当に驚いた。

青、あなたの産みの母は、私の数十倍美しい女性よ。でも、きっとサマーソルトキックはできないわ。

「我南人さん」

「うん？」

「会っているの？」

何度もあの人と。

「まったく会っていないよぉ。顔を見たのも、あぁ映画やテレビで観たとかは別にしてね、今日はあの日以来だねぇ」

あの日って。

青を見たら、こくん、って。

青をうちに連れてきた日以来会ってないんだ。

「連絡は、何度かあったねぇ。でもそういう連絡じゃなくて、ちょっとトラブル関係でねぇ」

「トラブル？」

「彼女も、表には出ていないし決して出ないようにしてるけれど、あまり家族に恵まれていない人でねぇ。今のご両親は実は彼女とは血が繋がっていないんだぁ」

そうなの？

「唯一、弟がいるんだけどぉ。その弟も腹違いでねぇ」

なかなか複雑なのね。それは表には出せないわよね。

「その弟というのが、そうなんだよねぇ川島さんぅ」

「はい」

小さな声が聞こえてきた。青は、いつの間にか眠っちゃったのね。ひょっとしたら昨夜はいろんな人がいて興奮して眠れなかったのかも。起きるのも朝早かったものね。

そうなんだよね、とは。

「その手紙を書いた人です」

「え」

脅迫状を？

「名前は、伊熊菊一くん。輸入バイクショップ〈スピード〉っていう店をやっているんだぁ」

バイクショップ。そこへ向かっているのね。

川島さんは、その池沢さんの弟の、恋人。もしくは妻。名字が違うから内縁とかそういうもの？

「池沢さんからのトラブルの連絡というのはねぇ、どうも菊一くん、以前からだらしないのか商売下手なのか、お金に関するトラブルがあってねぇ。その度に池沢さんが払ったりしているらしいんだぁ」

「あぁ、そういう身内が」

大変ね池沢さん。

「ただねぇ、彼も頑張っているのはぁ、決して自分が池沢百合枝の弟だってことを表に出さないところなんだってぇ。両親もあまりよろしくない親らしくて池沢さんにお金ばかり要求するような人でねぇ。それで姉に迷惑は掛けたくないってね。彼女の話では小さい頃は仲良くやっていたらしいよぉ」

「そうなんだ」

いい弟さんではあるのね。

「でもぉ、秘密ていうのはどこからか漏れそうになるんだねぇえ。それで、僕と彼女のこともバレそうになるときにぃ、連絡が入っていたんだぁ。まぁその度に彼女がなんとかしてきたんだけどぉ。君も、それに巻き込まれそうになったこともあるんでしょう」

川島さんが、はい、って。

そうだよね。絶対に口止めされているのよね。池沢百合枝が我南人の子供を産んだなんて、知っているのは、川島さん。

「あれ？　ひょっとしてその弟さん、菊一さん？　知らないの？　池沢さんが子供産んだことは」

「それは、知っていました。でも、父親が誰かは知りませんでした」

川島さんが、後ろから。

「教えたのは、私です」

川島さんが。

「私が、我南人さんが父親だって教えたんです。そして我南人さんならお金があるだろうって。貸してもらえるんじゃないかって」

足立区の青井。

そうか、川島さんの旧住所って、輸入バイクショップ〈スピード〉。ここの住所だったんだ。

我南人さんはわかっていて、皆に隠したんだ。

大きなガレージ。表にも中にもバイク。しかも大型の、きっと海外のバイクばかり。油の匂い、鉄の薫り。

ピックアップトラックをガレージの前に停めた。

出てきたのは、ツナギを着た大柄の男性。髪の毛を少しリーゼント風に固めているのは、なんだか若い頃の我南人さんみたい。

あの人が、池沢さんの弟さん。腹違いだっていうけど、目元とか似ているように思う。きっと俳優になっても個性派で行けるような。

我南人さんが降りて、川島さんも降りて。私も。青は眠ってる。

伊能さんが、私たちを見て、腰に手を当てて溜息をついた。

「バレちまったのか」

「初めましてだねぇ、伊熊菊一くんぅ」

「お会いできて光栄です我南人さん。悪かった。申し訳なかった。済みませんでした」

ひらひらと右手を振った。

リーゼント風の頭を下げて。

「もう二度とこんなことはしないし、もちろんあんた方の秘密も喋ったりしない。それで、勘弁してくれ。智美のことも許してくれ。全部俺の指示で動いたことなんだ」

「何も起こっていないんだから、許すも許さないもないねぇえ。むしろ、お礼を言いに来たんだぁ」

「お礼？」

我南人さんが、川島さんに手を向けた。

「彼女はねぇ、青を救ってくれたんだぁ。うちの前でちょっとした自動車事故があってねぇ、破片が飛んできて危うく青が怪我するところ、川島さんが庇ってくれたんだぁ。それも君の指示で川島さんがいてくれたお蔭。ありがとうねぇぇ」

伊熊さんが、本当か？　って顔を向けて、川島さんが頷いて。

「事故って、大丈夫だったのか。誰か怪我したとか」

「大丈夫だよぉ、うちの人間は皆無事だねぇ。ちょっと騒ぎになったけどぉそのせいというかお蔭というか、川島さんとも話すことができたしねぇ」

伊熊さん、少し考えて溜息をついて。

「それで、あっさりバレちまったってことか。天網恢々疎にして漏らさずってか」

いい諺をご存知なのね。

トラックのドアが開いて、青がよいしょって降りてきた。

本を抱えたまま。

何してるの？　って顔をして、でもたくさんのバイクを見て眼を輝かせて。

「すごい！　バイク！」

どうして男の子ってこういうものが好きになるんだろう。何にも教えていないのに、本能みたいなものなんだろうか。

「伊熊くん、この子が、青だよぉ」

伊熊さんの顔に、笑みが。

思わずって感じで。きっと子供好きの人だ。間違いなく。

「青を助けてくれたお礼にぃ、この本を君たちに贈るよぉ」

『不一魔女物語』。

「これはねぇぇ、青が大好きになってずっと読んでいた古い古い本なんだぁ。もう何度も読んだんだよねぇ青」

青が、こくん、って頷いて。

「よんだ。これね、すっごくおもしろいんだよ！」

「青、このおじさん、青の親戚なんだよ。すごくいい人だから、この本あげてもいいよねぇ？」

「しんせきのおじさん？　いいよ！　うちにはもういっさつおなじのあるから」

青がぱたぱたって走って伊熊さんに向かって本を差し出して。

伊熊さんが、青に向かって微笑んで、そうかって頷いて、手を出さないわけにはいかなくて、本を受け取って。

我南人さんを見る。

「こんな子供の本をどうしろと。読んで子供の頃の心を取り戻せとか？」

「取り戻す必要はないねぇ。君は今でも、お姉ちゃんのことを大好きな弟だよねぇ？　そういえば、青も君と同じだよぉ」

「同じ？」

「ここでは言えないけど、同じ境遇だよぉ」

「同じ」

そうだ。腹違いの子供。

青にも、大好きなお姉ちゃんがいる。お兄ちゃんもいるけど。

「今回のこともぉ、お姉ちゃんを助けるためにお金が必要だったんだろう？　たぶん君が下手打ったんだと思うけどぉ、そのお金がないとお姉ちゃんにとんでもない迷惑が掛かるんだろう？　秘密がバレちゃうとか。それを防ぐにはお金が必要だった。それで川島さんは僕のことを話したんだろうねぇえ、僕からお金を取れればって。今までも君は、何度かそういう失敗をやってきたよねぇ」

そうなんだ。

そうか、だから青の誘拐は本気じゃなくて、いや本気だったんだけど、言ってみれば我南人さんからお金を貸してもらおうとしたんだ。

「その本さぁ、伊熊くん。古いだろうぉ？」

「そうだな」

「ただ読んでもおもしろい本だけどぉ、君もこういうバイクの輸入販売をやっているんだからぁ、向こうに売るときはどうしたらいいかは、わかるよねぇえ。この本はぁ日本国内にわずかにしか流通してないけどぉ、実は海外の古書コレクターにも知られている本なんだぁ」

伊熊さんが驚いたように本を持ち直して。

「君のやり方次第だけどぉ」

我南人さんがポケットから出したのは、あの手紙。

川島さんが持っていた、伊能さんが書いたっていう脅迫状。

〈一千万用意しろ。警察を呼ぶと全部わかるぞ。後で連絡する〉

「これぐらいにはぁ、なるかもよぉ。頑張ってみる価値はあると思うけどねぇえ」

どうして。

「どうしてだ。何でそんなことをする。俺は」

「LOVEだよぉ」

え？　ここで？

「ラブ？」

「言ったよねぇ。お礼だよぉ。君が愛した川島さんはぁ、LOVEで青を助けてくれたんだぁ。そのお礼。そしてお姉ちゃんを助けようとしたそのLOVEへの応援。結果的には僕も青も助けることになるからねぇ。そういうLOVEが君にも届いてくれるようにってねぇ。頑張ってみてよぉ」

青が、何を話しているんだろうってずっと伊能さんと我南人さんの顔を見比べている。

「ねぇ、おじさん」

「うん？」

「ぼくも、こういうバイクのれる？」

伊熊さんが、微笑んだ。

腰を下げて、青の顔を見た。

「大きくなったらな。乗れるさ。今日は無理だけど、今度また乗りに来い」

＊

青はまた寝ている。

私は助手席に座って、すごく陽射しが強くて暑いぐらい。

「私ね、我南人さん」

「うん」

「池沢百合枝さん、ファンだったのよ。あ、違う、ファンなの」

「知ってるよぉ」

池沢さんの映画、観てきたものね。一緒に観に行ったものもあったし、サチさんも映画好きだったから一緒に行ったこともあったっけ。

「たくさんあるけど、その中でもとても好きな映画があるの」

何年前かな。

三年ぐらい前だったかな。『その灯(あかり)に向かう』っていう映画。それまでの池沢さんが演じた女性とはかなり違った雰囲気を醸し出していた。

「あれは、青を産んだ後に撮ったものだったんだね」

「そうなのかなぁ。僕はわからないけど」

どうして青を育てられないのか、どうして自分の産んだ子供を手放すような真似(まね)ができるのか、今も全然わからない。

でも、女優池沢百合枝の魅力は、よくわかる。すっごく、好き。

「誰にも、言わないよ」

「頼むねぇえ」

「でも将来、なんかでバレちゃっても私は知らないふりするからね。何が起こっても全部我南人さんのせいだからね」

「もちろんぅ」

「でも」

青のことは、死んでも守るから、安心して。


もう夕暮れが近づいていた。

青が寝ちゃって、我南人さんがおんぶして歩いている。祐円さんの神社から歩いて三分。〈東京バンドワゴン〉の前には、もうあの二台の軽自動車はなかった。何もかもがきれいにされているみたい。普通に駅から家に帰る人や、これから駅へ向かう人の流れがある。

「もう終わったのかな」

「たぶんねぇえ」

店には〈本日臨時休業〉の札が掛かっていた。そうだよね。あれだけの騒ぎがあったのに、営業はしていないよね。

裏に回って、玄関から。

「ただいまぁあ」

どたばたと音がして、勘一さん、サチさん、藍子に、紺、拓郎さんにセリちゃん。そして、美佐子ちゃん。

皆が出てきて。

「どこ行ってやがったんだよおめぇは」

「何かあったのかって、心配していたのよ」

「ごめんねぇえ」

何事もなく無事だよぉって、我南人さんが。

青が、起きて。

「ただいま」って。

Epilogue

いつも通りの毎日。

計画通りにすべてが終わって〈サルーザ〉の人たちは取り調べを受けて横浜の店には家宅捜索も入って、そろそろ判決が出るはず。

美佐子ちゃんは、森夫くんと一緒にいる。

今は職探し中。うちで働いてもらってもいいんだけど、手は足りているしそんなにいいお給料は払えないしね。

川島さんのことは、ノイローゼの女性ということにしてしまった。何か申し訳ないけど、青にそっくりな子供を不幸な事故で失ってしまった女性。そして偶然見つけた青を、ずっと見ていたんだってそういうことにした。

もちろん、本人には了承済み。もしも偶然ばったりうちの誰かと出会ったりしたら、落ち着きました！　って宣言してもらうことにしてる。

そんな八月に入ったある日。

「おい、秋実ちゃん」

「はいはい」

「我南人に荷物が届いてんだが、なんだこりゃ？　バイク屋か？」

「え？」

バイク屋？

「あいつバイクなんか乗ったことねぇだろ」

ないですけど。

輸入バイクショップ〈スピード〉から。

「あ」

伊熊さんから。

我南人さんは今、コンサートで北海道の札幌。この時間ならまだホテルにいるかも。

「電話してみますね」

「おう」


眠そうだった声。きっとまだホテルの部屋で寝ていたんだ。我南人さんの部屋に繋いでもらったのに何故かボンさんが出たから、皆で酔っぱらって一緒のベッドで寝ていたのかも。

「開けていいそうです。何かわからないから、後で教えてくれって」

「そうか」

ものすごく厳重にパッキングしてあるけれど、中身は、本？

「勘一さん！」

「おう！　何だこりゃ！」

『フィッツ・ウイッチ・ストーリー』！

でも凄いボロボロ！

「なんでこれが我南人んところに来るんだ⁉」

「手紙あります！」


前略　お世話になりました。

あれからいろいろ勉強して、そして思い立ってアメリカ中のバイク仲間に話を通して、探してもらった。

やりゃあ見つかるもんだな。きっとあんたたちのルートじゃあ、思いも寄らなかったんじゃないか。

あったのはテキサス州のグローブトンっていう田舎町のカントリーカフェっていうところだ。

そこの主人が、じいさんの持ち物だとかで持っていた。

ボロボロだが、返礼品としちゃ悪くないだろ。青にはいつでも店にバイクに乗りに来いって伝えてくれ。

伊熊菊一

伊熊さん。

とんでもないことしてくれましたね。

でも、嬉しいです。

この伊熊って誰で、どういうわけでこんなものを、っていうのは、適当に話を作っておきますからね。

よろしくお願いしますね我南人さん。

あの頃、たくさんの涙と笑いをお茶の間に届けてくれたテレビドラマへ。

小路幸也 しょうじ・ゆきや
北海道生まれ。広告制作会社退社後、執筆活動へ。『空を見上げる古い歌を口ずさむ』で第二九回メフィスト賞を受賞して作家デビュー。代表作「東京バンドワゴン」シリーズをはじめ、「旅者の歌」「札幌アンダーソング」「国道食堂」「花咲小路」シリーズなど著書多数。

＊本書は書き下ろし文芸作品です。

ザ・ネバーエンディング・ストーリー 東京バンドワゴン

二〇二五年四月三〇日 第一刷発行

著　者 小路幸也
発行者 樋口尚也
発行所 株式会社 集英社
〒一〇一-八〇五〇 東京都千代田区一ツ橋二-五-一〇
電話 〇三-三二三〇-六一〇〇（編集部）
〇三-三二三〇-六〇八〇（読者係）
〇三-三二三〇-六三九三（販売部）書店専用
印刷所 TOPPANクロレ株式会社
製本所 株式会社ブックアート

定価はカバーに表示してあります。

ISBN978-4-08-775472-8 C0093

第8弾
フロム・ミー・トゥ・ユー

第9弾
オール・ユー・ニード・イズ・ラブ

第10弾
ヒア・カムズ・ザ・サン

第11弾
ザ・ロング・アンド・ワインディング・ロード

第12弾
ラブ・ミー・テンダー

第13弾
ヘイ・ジュード

第14弾
アンド・アイ・ラブ・ハー

第15弾
イエロー・サブマリン

第16弾
グッバイ・イエロー・ブリック・ロード

第17弾
ハロー・グッドバイ

第18弾
ペニー・レイン

単行本
第19弾
キャント・バイ・ミー・ラブ

隠れの子
東京バンドワゴン零

集英社文庫

江戸北町奉行所定廻り同心の堀田州次郎と、植木屋を営む神楽屋で子守をしながら暮らしている少女・るうは、ともに「隠れ」と呼ばれる力を持つ者だった。州次郎はたぐいまれな嗅覚を、るうは隠れの能力を消す力を…。州次郎の養父を殺した者を探すべく、ふたりは江戸中を駆け巡る。それはまた隠れが平穏に暮らすための闘いだった。「東京バンドワゴン」シリーズのルーツとなる傑作時代長編小説。